LES

DIAMANTS

SOUVENIRS

D'ART ET DE LITTÉRATURE

Paris. Imprimerie P.-A. Bourdier et Cie, 6, rue des Poitevins

Vve JULES RENOUARD & Cie ÉDITEUR 6 RUE DE TOURNON PARIS

BIBLIOPHILE JACOB

LES
DIAMANTS

SOUVENIRS

D'ART ET DE LITTÉRATURE

PARIS

LIBRAIRIE VEUVE JULES RENOUARD

6 — RUE DE TOURNON — 6

1865
1864

LES DIAMANTS

SOUVENIRS D'ART ET DE LITTÉRATURE

LES MORLAQUES OU LE BEY SPALATIN

U pied des hautes murailles de la forteresse de Zetim, les vingt-quatre petits-fils du bey Spalatin, rassemblés, la regardaient d'un œil morne et dans une immobilité profonde. Là s'était renfermé le cruel Pervan, chef de mille heiduques farouches, qui venaient de descendre avec lui des cimes de Zuonigrad, poursuivis par la vengeance et la malédiction des peuples. Après avoir ravagé la riante campagne des Castelli, et enlevé les belles filles des bords du Zermagna, célèbre par la fraîcheur de ses rivages, le brigand surprit le vieux château dans l'obscurité d'une nuit orageuse. Les cris des assaillants et des victimes se perdirent dans le bruit de la tempête, comme la rumeur d'un torrent éloigné qui tombe en grondant au fond des abîmes. Seulement, au lever du soleil, deux cents têtes sanglantes, roulées dans les fossés du palais, apprirent à la tribu du bey Spalatin, que l'étranger était venu. Le fils du vieux bey, le brave Iskar, était mort avec ses soldats. L'expression terrible encore de ses traits annonçait qu'il n'avait pas été égorgé dans son sommeil, et que sa vie coûtait cher à l'ennemi.

La belle Iska, sa fille, l'unique sœur de vingt-quatre guerriers, était tombée au pouvoir du tyran, et l'air apportait de loin à ses frères désolés les gémissements de la colombe captive dans les serres du vautour. C'est pourquoi, les yeux fixés sur la hauteur inaccessible, ils méditaient la vengeance et n'osaient l'espérer. Quelques-uns déchiraient leur sein d'une main furieuse, en accusant le ciel. D'autres, accablés par un sombre désespoir, s'étendaient immobiles sur la terre. Faibles et innocents enfants, les plus jeunes pleuraient. Tout à coup voici le vieux bey, le cœur pénétré d'une amère douleur pour la mort de son fils, et à cause du sort de sa fille qu'il aimait au-dessus de tous les biens de la vie. Il s'avance couronné de ses cheveux de neige qui flottent sur sa tête vénérable comme la vapeur pâle qu'on voit suspendue aux lunes d'hiver. Sa barbe descend en flocons argentés sur ses flancs robustes qu'embrasse une large courroie. Le hanzar [1] est caché dans les vastes plis de sa ceinture de laine bigarrée. La guzla [2] pend à son écharpe. Il monte, d'un pas ferme encore, le sentier périlleux du rocher qu'il a vu pendant quatre-vingts ans sous les lois de sa tribu. Il s'arrête devant la palissade impénétrable des jardins de Zetim.

Là il détache la guzla mélodieuse, instrument majestueux du poëte, et, frappant d'une main hardie avec l'archet recourbé la corde où se lient les crins des fières cavales de Macarsca, il commence à chanter. Il chante les victoires du fameux bey [3] Skender , qui affranchit sa patrie de la terreur de l'ennemi; les douceurs du sol natal, les regrets amers de l'exil, et chaque refrain est accompagné d'un cri douloureux et perçant.

Les soldats de Pervan écoutent sans défiance, parce qu'ils ne comprennent point le langage divin du vieillard, et que la corde de la guzla n'a point résonné dans les fêtes de leurs pères. Ils se regardent, ils s'interrogent, ils crient, ils cherchent à imiter ce qu'ils entendent, en confondant des clameurs qui ne s'accordent point, et dansent éperdus comme les esprits des tombeaux [4] aux fêtes de la Vengeance [5]. Les captives sont aussi appelées par ses chants. Une d'elles les répète à ses compagnes, qui se prosternent, se relèvent, courent en cercle, puis s'arrêtent, se prosternent encore, et courent en sens opposé, avec des cris fantastiques mêlés de douleur et de joie. Elles se rapprochent peu à peu, rassurées par l'ivresse de leurs gardiens, dont l'âme, avertie pour la première fois de la puissance des chants poëtiques, s'étonne d'être sensible.

Iska! qu'elle était belle, Iska, parée d'une tunique de soie rouge des fabriques de Krain [6], toute brodée de fils d'or et fermée d'une double agrafe de vermeil! Car on ne lui a pas permis de revêtir les tristes ornements de la douleur. Sur sa robe tombent, en longs anneaux, ses cheveux noirs comme la plume de l'oiseau du présage qui entretient des malheurs à venir les échos de Nona. Un collier de verres de toutes couleurs brille sur ses épaules éblouissantes. Des anneaux d'or et de cuivre, incrustés de l'étain le plus pur, ornent ses doigts déliés : à son pouce le dé, marqueté de laiton et d'argent, qui est le signe de sa noblesse.

Iska, qui a reconnu la voix de son aïeul, s'élance, abandonnant aux vents les ondes de

[1] Les Francs disent ordinairement *cangiar*. Dans notre vieux français, une *serpe* c'est un grand coutelas, ordinairement enfermé dans une gaîne de laiton garnie de pierres fausses. — [2] Instrument de la forme de la guitare ancienne, c'est-à-dire en hémi-ovoïde avec un manche. Il n'a qu'une corde composée de crins de cheval. — [3] Scanderbeg. — [4] Vukodlaks, spectres de nuit qui fréquentent les tombeaux. — [5] Osveta, la grande Sainte. La Vengeance des Morlaques est la Némésis des anciens. — [6] Carnia, la Carniole.

sa chevelure, et noue ses bras éclatants de blancheur aux barres de fer qui ferment les jardins élevés de Zetim. Le vieillard la saisit alors, et fixe ses membres tremblants au pieu inflexible et immobile. Il la flatte du langage et du regard. Il la couvre de l'œil comme une proie. Il chante et il pleure.

« Fille infortunée, s'écrie-t-il, ce n'est plus le jour de nos fêtes, celui où retentissait le pismé[1] d'allégresse qui éclata dans la tribu, quand ton père pleura de tendresse et de joie en apprenant qu'une fille venait de naître. Pleure avec moi sur le héros qui n'est plus, et sur les douleurs de ses enfants, et sur celle de son vieux père qui reste orphelin de l'honneur de sa race, comme un chêne stérile épargné, à cause de son antiquité, par la hache du bûcheron. Pleure avec moi sur la belle Iska, la douce fleur de ma vie, le tendre espoir de ma vieillesse imprévoyante ; pleure sur la pauvre Iska, qui ne sera jamais conduite à l'autel par les acolytes des mariages[2], car il faut mourir. »

Cependant les soldats étonnés se rassemblent avec inquiétude, et Iska, instruite de son sort, tourne sur eux un regard plus doux que la manne qui coule des frênes de Cozoval.

Le vieillard laisse tomber la guzla, il dégage son hanzar redoutable, et Iska, qu'il ne retient plus, se précipite entre deux barreaux pour offrir son sein à la mort, en souriant vers lui. Elles sont si resserrées, les flèches menaçantes qui hérissent les remparts de Zetim ! Le bey malheureux la tua d'une main sûre, mais il ne put pas l'embrasser. Puis il descendit lentement des hauteurs de la forteresse, et plus lentement, à mesure que les détours de l'étroit sentier le ramenaient au-dessous de l'ennemi furieux, car sa grande âme s'était affaiblie dans ce sacrifice, et il souhaitait de mourir. Deux traits l'atteignent sans le renverser. L'un s'est rompu dans sa large poitrine ; le second tremble encore dans sa jambe nerveuse. Son sang coule, sans l'étonner. C'est ainsi qu'il arrive au milieu de ses enfants.

Le soleil finissait sa course, et Zetim s'élevait au-devant de lui comme un nuage impénétrable. La plaine qu'il couvrait de son ombre allongée, encore éclairée sur ses bords, ressemblait à un drap funèbre autour duquel veillent quelques flambeaux.

« Victoire ! dit le vieux bey. Enfants des Spalatins, la fille de la tribu est délivrée de nos tyrans. Elle est morte, et voilà le hanzar qui l'a tuée ! » Ensuite les forces lui manquèrent, et il tomba.

Informé de la perte d'Iska, Pervan rugit sur la montagne, comme une grande louve qui trouve à son réveil tous ses petits, sans en excepter un, frappés de l'épieu du chasseur. Il pousse le cri de guerre. Les portes de Zetim roulent sur les gonds gémissants ; les ponts-levis retentissent sous le pas des chevaux ; les armes confuses se heurtent dans la nuit, et le bruit d'effroi s'étend et s'agrandit comme la voix d'un orage qui s'approche.

Tout à coup la colline commence à s'éclairer des feux de l'embrasement qui dévore, en

---

[1] Chant, poëme, le poëma, le psalmus. — [2] Dans l'original, le drugh et la drusbiza, ce que nous appelons le garçon et la fille d'honneur.

courant, les toits les plus éloignés de la tribu. Les bandits, semblables à des esprits menaçants, apparaissent et descendent au milieu des flammes. Déjà les enfants et les femmes fuient de toutes parts avec des cris lamentables. Les plus vieilles pressent dans leurs bras l'image des saints protecteurs, et les jeunes filles n'oublient pas le zapis [1] bienfaisant qui guérit les blessures du soldat.

Le vieux bey se soulève sur sa natte sanglante, à l'aspect du météore inconnu qui rougit l'horizon de la nuit. Il rappelle ses sens, et reconnaît la vengeance de Pervan. Il dit : « C'est bon. » « Enfants des Spalatins, s'écrie-t-il, les doux ombrages de la rivière des Castelli ne nous appartiennent plus. Il faut nouer fortement la ceinture de vos reins, et fixer à vos pieds l'opancke [2] du voyageur avec des courroies qui n'ont jamais servi. Car la route de l'exil est très-longue ; et vous laisserez derrière vous les tours de Zemonico, qui servent de fanal au voyageur du désert, et les montagnes de Novigradi qui déchirent le ciel de leurs pointes inégales. Et vous suivrez longtemps l'enceinte solitaire d'Aseria, qui vit aussi prospérer autrefois une tribu célèbre, et dont il ne reste qu'une maison. Et de là vos regards s'étendront sur une foule d'îles enchantées, favorisées des plus doux bienfaits du soleil : car les bosquets de Zeni sont ondoyants comme la ceinture d'une vierge, et les collines blanches de Capri ressemblent aux jeunes agneaux qui bondissent dans la verdure nouvelle. Mais arrêtez-vous aux rives hospitalières de Pago, où vous recevront les barques toujours libres des pêcheurs; car ce peuple errant de la mer n'a jamais subi les lois de l'étranger. Partez seulement, ô mes enfants! dérobez-vous à l'esclavage et à l'humiliation de saluer comme des vaincus le kalpach [3] de l'ennemi; et si vous cherchez la patrie, je vous dirai qu'elle se trouve où est la liberté, car c'est là l'enseignement que j'ai reçu de mes pères. Quant à moi, je vous l'ordonne, n'embarrassez pas du cadavre d'un guerrier éteint le douloureux convoi de la tribu. Laissez-moi au seuil du lit des ancêtres, car j'en ai beaucoup plus connu parmi les morts que parmi les vivants. »

Et comme il parlait, la force l'abandonna encore une fois, et ses vingt-quatre enfants, pieux dans leur désobéissance, lui formèrent une litière de vingt-quatre lances croisées qu'ils couvrirent de feuillages. Puis ils descendirent silencieux par les sentiers les moins praticables à la cavalerie de l'ennemi, tandis que la troupe de Pervan, de village en village, roulait de nouveaux rideaux de flammes sur la flamme de l'incendie. Quand les fugitifs, arrêtés pour prendre quelque repos, tournaient les regards de l'adieu sur l'horizon de la patrie, poursuivis de l'image du toit natal désolé, ils le reconnaissaient encore à la forme et à l'étendue de ses ruines brûlantes. C'était en vain cependant que la route de la fuite, abrégée par l'expérience et par la témérité, se rapprochait de son but. La cavalerie des heiduques dévorait en détours rapides l'espace inutilement conquis par la fatigue.

---

[1] Dictame ou amulette. — [2] Espèce de brodequins de cuir cru. — [3] Toque ou bonnet slave ou polonais. Nous disons *colback*.

Deux fois l'aube du soleil avait argenté les crêtes brillantes des montagnes de l'est, et deux fois le noir escadron avait paru, à leur sommet, dans un tourbillon où la poussière élevée par les pieds des coursiers se confondait avec la poussière flottante des brouillards du matin. Souvent la course de l'étranger, favorisée par une vaste plaine ou par une pente facile, avait retenti sur les pas de la tribu ; souvent il ne s'était trouvé entre eux que l'embouchure d'un sombre sentier, ou la ravine, bienfait inattendu des torrents ; l'épaisseur d'un taillis coupé de chemins sans issue, le rocher tombé de la montagne et pendant sur le précipice : tel est celui qui menace le détroit de Pago. D'un côté tombe une voie hasardeuse et terrible où le pas de l'homme a peine à se fixer ; de l'autre se développe une plaine de sable éblouissant qui va mourir au niveau de la mer. Du front des coteaux éloignés, la blancheur des dernières limites de la plage se distingue à peine de la blancheur des premières vagues, et vous auriez peine à dire si le goëland qui descend en roulant, comme le fuseau d'une bergère, se pose sur un écueil ou sur un flot.

La vie fugitive du vieux bey s'était recueillie au bruit croissant du danger. Il s'étonnait de la route parcourue, et concevait déjà le péril à venir ; car on était arrivé au-dessus de la pointe du cap, et la poudre du pied des chevaux de Pervan volait sur le kalpach des frères d'Iska. « O enfants ! leur dit-il, vous avez désobéi pour la première fois à l'ancien des tribus du Kotar, mais c'était dans la vaine espérance de sauver ses jours. Puissent descendre sur vous, avec son pardon, les regards du Dieu sauveur ! Seulement, déposez-moi un instant à la pointe de ce roc avancé qui domine la plaine profonde et la vaste mer, afin que mon expérience vous dirige vers le refuge de l'exilé. » Et ils firent comme il avait prescrit.

Ensuite il continua d'une voix douce, mais pleine d'autorité ; et il leur dit, en regardant au loin : « Je vois d'ici que la tribu entière est parvenue aux bords du détroit de Pago, et qu'elle s'agite, impatiente de votre arrivée, comme un essaim d'abeilles séparé de sa reine par les premières gouttes d'une pluie d'été. Déjà la barque du pêcheur court, en se balançant, sur les ondes qui blanchissent autour d'elle, et vous appelle de loin sous sa voile triangulaire, favorable au malheur et protectrice de la liberté... Cependant le temps s'écoule, et depuis que j'ai parlé, voilà que les chevaux de Pervan se sont répandus dans la plaine. Ils couvrent le seul espace au travers duquel vous puissiez emporter le vieillard blessé. Blessé sans espérance, dit-il, en saisissant fortement son appareil ; car vos efforts n'aboutiraient qu'à livrer aux heiduques un esclave ou une victime de plus. Voilà ce que j'avais à vous dire. Suivez donc le sentier étroit du rocher, où nul homme ne peut descendre chargé du plus léger fardeau ; il vous conduira parmi vos femmes et vos enfants qui gémissent de votre retard, parce qu'ils pressentent l'arrivée de l'ennemi. Descendez et laissez-moi. »

Frappé du sombre silence de ses enfants, il se soulève avec effort, se rapproche de la pointe menaçante du rocher, jette vers le ciel le nom d'Iskar et d'Iska, et s'élance dans l'abîme.

Ch. Nodier.

UNE MARQUISE D'AUTREFOIS

A marquise de Tresnel, née de Gaumont, posséda au plus haut degré la hardiesse d'allure, la vivacité d'impression, l'humeur belliqueuse des marquises d'autrefois. Mademoiselle de Gaumont montra, dès ses plus jeunes années, une fierté suprême; on aurait dit qu'elle était plus noble que le roi. La beauté, s'il faut être véridique, ne relevait pas chez mademoiselle de Gaumont, le mérite de la naissance; elle était grande, sèche, maigre et brune, mais elle avait un regard d'aigle, et la démarche la plus aristocratique qu'on pût voir. Elle se croyait, du reste, pourvue de tous les attraits de son sexe, et digne de monter sur le trône de France. On l'entendait dire quelquefois qu'à la place de mademoiselle Mancini, elle n'aurait pas laissé si facilement échapper Louis XIV. Jamais elle ne sortait sans se faire accompagner d'un domestique, nommé Jean-Baptiste et Maure de nation, à qui sa hauteur naturelle voulait bien témoigner une certaine préférence, à cause de sa couleur; cela lui donnait un certain air de princesse orientale; elle s'imaginait être la reine de Saba!...

Cependant la déesse descendit de son olympe, et s'humanisa jusqu'à épouser le marquis de Tresnel, premier enseigne des gens d'armes de la garde du roi. Le marquis jouissait d'une grande fortune, et cette considération, non moins que celle d'être un des beaux hommes de son époque, lui valut la condescendance de mademoiselle de Gaumont. Pourquoi l'épousa-t-il? Je n'en sais trop rien, si ce n'est que par le crédit des parents de sa femme, et par la manière superbe dont il lui semblait qu'elle devait porter son nom, il espérait faire meilleure figure à la cour. Le marquis de Tresnel n'était pas doué d'une haute perspicacité, ce qui arrive à un certain nombre de beaux hommes, comme si l'intelligence se plaisait à venger la nature, en favorisant des avantages de l'esprit ceux qu'elle a privés des agréments de la personne; il y avait peut-être une autre raison que le marquis ne s'avouait pas à lui-même; extrêmement faible de caractère, il n'était peut-être pas fâché de faire soutenir sa volonté par une femme pleine d'énergie.

Il ne tarda pas néanmoins à s'apercevoir qu'il s'était imprudemment attelé à un joug des plus pesants, et que la chaîne du mariage ne serait pas pour lui une guirlande de fleurs tissée par la main des grâces; la marquise commença à demander à son époux un compte terrible de son passé, qui avait été assez léger; elle agit ainsi, afin de lui inspirer une terreur salutaire. Elle s'empressa d'anéantir, à la ville et à la campagne, tout ce qui lui paraissait rappeler des souvenirs trop accentués : les billets parfumés, les boucles de cheveux plus ou moins ravies, les fleurs fanées et conservées avec soin; toutes ces bagatelles sentimentales furent l'objet d'un holocauste solennel. Le marquis en vit monter la flamme et la fumée aux cieux, non sans soupirer peut-être au fond du cœur, mais le sourire sur les lèvres, car la marquise surveillait les moindres changements de son visage avec une inquiétante attention; ce fut un sacrifice sur l'autel de l'hymen.

Une des propriétés du marquis était située près de Chaumont, dans le Vexin français, actuellement département de Seine-et-Oise; il en avait fait longtemps sa résidence favorite, entretenant des relations de bon voisinage avec les principaux habitants du pays. Il donnait des fêtes aux dames des environs, et particulièrement à madame de Liancourt, blonde aimable et spirituelle, séparée de biens de son mari, le sieur de Liancourt, dont la conduite désordonnée justifiait cet acte de prudence; elle se distinguait par l'élégance de sa taille, et par la délicatesse de ses traits; elle avait l'esprit satirique, plaisant, et, libre de son temps, menant une existence aussi joyeuse qu'on peut la mener dans un château de Normandie, toujours en l'air, courant de côté et d'autre, faisant des visites et cherchant des distractions, elle plut extrêmement au marquis de Tresnel, qui riait de ses bons mots, un quart d'heure encore après qu'elle les avait dits (il lui fallait souvent ce temps pour les comprendre), et qui appréciait fort toutes ses grâces féminines; il l'avait reçue en reine toutes les fois qu'elle avait consenti à venir le voir, dressant sur son passage des arcs de triomphe, et allumant des feux de joie en son honneur; la marquise de Tresnel, ayant appris ces détails, se promit bien de faire expier à cette favorite les ovations anciennes, et de débuter à son égard par quelque impertinence de haut goût qui placerait entre elles deux une infranchissable barrière.

Dès qu'elle fut arrivée à sa terre, elle fit des visites aux sœurs et dames de Monbrun à Dauval, aux religieuses de Chaumont, au curé de Gomer-Fontaine, à celui de Daucour, à quelques autres personnes notables; elle n'en fit point à la dame de Liancourt, qui comprit tout de suite les mauvaises dispositions de la marquise pour elle, et se proposa de s'en égayer. La marquise était passée exprès, sans s'arrêter, devant sa porte, dans son carrosse, précédée de trois laquais à cheval, suivie de trois autres et de son maure Jean-Baptiste. Comme madame de Liancourt tournait assez facilement les petits vers de société, elle composa un noël sur cette cavalcade, sur la sorcière que le noir Jean-Baptiste semblait conduire au sabbat, et sur le bonheur du marquis de Tresnel, qui avait du *maigre* chez lui plus long-temps qu'en carême, ce qui ne pouvait être que profitable à son salut.

Ces vers coururent, sans nom d'auteur, dans tous les châteaux à la ronde, mais on y reconnaissait le faire de la blonde dame de Liancourt, et la renommée les porta en peu de temps aux oreilles de la marquise et du marquis. Il n'est guère possible de peindre la fureur qui s'empara de madame de Tresnel, lorsqu'elle eut connaissance de ces couplets moqueurs; ce fut une violence à faire trembler toute la maison; elle s'en prit particulièrement et natu-rellement à son mari, selon la logique des femmes, et le malmena fort. Junon ne se montra jamais si redoutable à Jupiter.

— Voilà ce que c'est, dit-elle, que d'épouser des gens dont la vie a été un scandale per-pétuel..., des gens qui ont publiquement courtisé des coquettes..., leurs femmes sont insul-tées un jour ou l'autre, cela est odieux; il me faut une réparation, monsieur, vous la deman-derez à M. de Liancourt.

— Mais, répondit honnêtement le marquis, son mari n'est pas responsable de sa conduite; on sait qu'il ne vit pas avec sa femme, et qu'il a tort.

— Qu'il a tort de ne pas vivre avec sa femme? interrompit impétueusement la marquise. Oh! oui; elle est si séduisante, si belle, et vous regrettez peut-être vous-même sa compa-gnie?... Vous osez me faire cet aveu? Vous êtes un homme bien perverti, monsieur!

— Ma chère marquise, vous vous emportez sans raison, reprit le marquis; il n'est pas question de la beauté de madame de Liancourt.

— Sa beauté! il parle de sa beauté devant moi!

— Je voulais dire, en un mot, que les torts dans la séparation de M. de Liancourt et de sa femme viennent de lui, qu'il n'a aucun rapport avec elle, et que j'aurais mauvaise grâce à lui chercher querelle pour des vers dont il ignore l'existence.

— Je vous y forcerai bien, répliqua la marquise; nous verrons si vous n'avez au côté qu'une batte d'arlequin au lieu d'une épée...

— Quelques personnes pourront vous assurer que c'est bien une épée; ne l'ai-je pas mon-trée assez souvent?

— Pour des créatures de l'espèce de cette Liancourt, mais votre épée reste au fourreau quand il s'agit de l'honneur de votre femme.

— Votre honneur n'est pas en jeu ici, reprit le marquis.

Ces derniers mots exaspérèrent madame de Tresnel au delà de toute expression, et atti-rèrent sur son mari une foule d'épithètes disgracieuses.

Celui-ci quitta la partie, en faisant de tristes réflexions sur la destinée qui lui était réser-vée auprès de son indomptable compagne. La marquise ne songea plus qu'au moyen de se venger de la dame de Liancourt, et sa pensée s'arrêta sur un abominable guet-apens. Elle avait des espions et des courriers; toutes les démarches de madame de Liancourt lui étaient connues à l'instant même; elle apprit un matin que cette dame se disposait à aller rendre visite aux sœurs et dames de Monbrun, dont nous avons parlé, et qui habitaient Dauval, à cinq quarts de lieue à peu près de sa terre; elle fit aussitôt mettre cinq chevaux à son carosse, et dans la compagnie d'une demoiselle de Villemartin, suivie de quatre hommes à cheval armés de fouets de chasse, de trois laquais avec ses livrées et de trois autres sans livrées derrière le carosse, elle partit pour Dauval, espérant atteindre sur la route le carrosse de son ennemie à l'allée ou au retour. Lorsqu'elle arriva à Daucourt, où elle avait eu l'espoir de l'arrêter, on lui apprit qu'elle venait d'en partir; elle alla voir, pour passer le temps, le curé de Daucourt, et laissa en sentinelle le fidèle Jean-Baptiste, dans l'âme duquel elle avait fait pénétrer son ressentiment; ce maure avait toujours vécu près d'elle, il ne connaissait d'autre loi que la sienne, il se serait mis au feu pour lui être simplement agréable; il obéissait en esclave, ou plutôt en dogue, prêt à s'élancer, au moindre commandement, sur la personne désignée à ses morsures. Il n'y a plus de domestiques comme cela! heureusement.

Jean-Baptiste donna bientôt le signal du retour de madame de Liancourt, dont il avait aperçu de loin le carrosse; la marquise monta aussitôt dans le sien, en ordonnant à son cocher de verser dans le fossé cette femme qu'elle détestait, et contre laquelle elle avait animé tous ses gens.

Madame de Liancourt, en apercevant cette nombreuse escorte, et en reconnaissant le carrosse de la marquise, prévit quelque attaque, et comme elle ne se sentait pas en force, n'ayant avec elle qu'un domestique derrière sa voiture, elle crut prudent d'éviter le danger; elle ordonna à son cocher de faire en sorte de ne pas se laisser accrocher et de passer au grand trot.

Les deux carrosses arrivèrent l'un sur l'autre; le cocher de madame de Liancourt fit un détour soudain, mais il manqua d'espace, et la voiture, violemment heurtée, tomba dans le fossé, sur le bord de la route; il y eut forcément un temps d'arrêt; les quatre cavaliers se précipitèrent sur le cocher et sur le domestique étourdis de leur chute, tandis que Jean-Baptiste et un autre valet faisaient sortir du carrosse renversé madame de Liancourt, toute remplie d'effroi.

Alors eut lieu une scène indescriptible. On s'empara de madame de Liancourt, et les valets en rond la frappèrent de leurs fouets de chasse, en se la rejetant les uns aux autres. La marquise descendit sur la route avec sa demoiselle de compagnie, afin de jouir pleinement de ce spectacle, s'écriant : « Bien, très-bien, encore un coup!...; apprenez-lui, mes enfants, à se jouer des femmes comme moi! » Et elle semblait goûter une volupté céleste.

Mademoiselle de Villemartin se risqua à demander la fin du supplice, et la marquise daigna consentir à le faire cesser.

Après cette exécution, madame de Tresnel, enchantée, remonta dans son carrosse, avec mademoiselle de Villemartin, et, suivie de tout son monde, retourna à son château.

Le cocher et le domestique de madame de Liancourt remis en liberté, s'approchèrent de leur maîtresse, suffoquée de colère... La malheureuse femme ne pouvait parler, elle jetait des cris perçants, elle semblait avoir perdu la raison.

Lorsqu'elle eut bien crié et pleuré, ce qui la sauva d'un étouffement, elle remonta dans son carrosse que son domestique avait relevé du fossé avec l'aide du cocher, et tous les deux étaient stupéfaits. Les chevaux semblaient étonnés eux-mêmes d'une scène si étrange; s'ils avaient pu parler comme les chevaux d'Achille, ils auraient assurément témoigné leur indignation.

Madame de Liancourt arrivée chez elle écrivit à son mari le récit de cette incroyable aventure; elle le savait prodigue et dissipé, mais très-susceptible sur l'honneur, et dans cette grave circonstance elle crut pouvoir compter sur lui.

M. de Liancourt, répondit en effet par un cartel dans toutes les règles, adressé au marquis de Tresnel. Le roi, qui sut l'affaire, prévit le duel et le défendit; on arrêta les deux adversaires au moment où ils avaient l'épée à la main, et on les menaça de la Bastille s'ils donnaient suite à leur rencontre.

Le marquis de Tresnel était confus de la position que lui avait faite sa femme, mais il s'était vu forcé de prendre ouvertement son parti et de se conduire en gentilhomme.

Madame de Liancourt intenta alors un procès à la marquise, lequel procès fut bientôt porté devant le procureur général, qui ordonna que toutes les pièces fussent apportées au greffe criminel. Le rapporteur se transporta sur les lieux, et on adressa une forte semonce au lieutenant criminel et au procureur du roi du bailliage de Chaumont, qui n'avaient pas poursuivi d'office une affaire de ce genre passée sur le grand chemin.

La marquise, qui était rentrée si triomphante dans son château, ne comprit pas qu'il y avait pour elle du danger; lorsqu'on la pressa de s'éloigner, elle répondit fièrement qu'on n'oserait pas la condamner, qu'elle avait été dans son droit en administrant une correction à une impudente créature dont elle avait eu à se plaindre.

Les juges ne furent pas de son avis. Voici un abrégé de l'arrêt qui fut rendu :

La Cour la condamna « *à comparoir en la grand'-chambre, et là, étant à genoux, dire et déclarer en présence de ladite de Liancourt que méchamment elle avait fait commettre sur cette dame des voies de fait dont elle se repentait, et à lui demander pardon.* »

Le reste de l'arrêt s'appliquait aux domestiques, condamnés pour la plupart aux galères à perpétuité. La marquise tomba de son haut à l'audition de cet arrêt : était-ce bien possible? Elle paraissait aussi étrangère aux formes de la justice que cette soubrette de comédie qui ne veut pas qu'on l'*interloque*; on la ramena chez elle, incrédule encore, toujours persuadée qu'elle avait agi un peu en dehors sans doute des habitudes ordinaires, mais que son action n'avait aucun rapport avec un crime public. Telle était son opinion; elle écrivit au roi pour se plaindre de ses juges, mais le roi lui fit répondre qu'elle eût à obéir à la sentence prononcée contre elle avec raison.

On parvint enfin à décider la marquise à prendre la fuite; elle se déguisa en homme et crut pouvoir sortir de son hôtel; elle y était gardée à vue, elle fut découverte et saisie; il n'y avait pas possibilité de disparaître.

Pour la première fois elle éprouva un profond abattement de corps et d'esprit; jusqu'alors la certitude de gagner son procès l'avait soutenue; et lorsqu'elle se vit poussée ainsi à bout, elle tomba dans une prostration physique et morale des plus grandes, comme si elle était condamnée à mort; elle fit fermer ses fenêtres, ne voulant plus voir le jour; elle se coucha, refusa de se lever, de boire et de manger, et envoya chercher son confesseur.

Au bout de deux jours seulement, et avec grand'peine, le vénérable ecclésiastique obtint qu'elle prît quelque nourriture, en faisant appel à ses sentiments religieux, et en lui représentant sa fin prochaine comme un suicide qui mettrait un obstacle éternel à son salut.

Elle se résigna à vivre en attendant le jour fatal où la cour devait s'assembler dans la grand'chambre pour assister à sa réparation vis-à-vis de la dame de Liancourt; le marquis cherchait en vain à la consoler, à lui donner quelque courage; elle ne jetait sur lui que des regards de dédain et de courroux.

Enfin le fatal instant arriva, la marquise se leva, se vêtit de deuil, et appuyée sur son confesseur et non sur le bras du marquis qui la suivit, elle parut dans la grand'chambre, après avoir traversé une foule curieuse de la voir et dont l'empressement lui causa une attaque de nerfs avant son entrée. La dame et le sieur de Liancourt s'étaient rendus au tribunal.

La marquise, en apercevant son ennemie, éprouva un tressaillement qu'elle ne put maîtriser, une dernière étincelle de flamme remplit sa paupière d'un éclat surhumain; on eût dit une lueur de purgatoire; cette lumière sinistre, mais impuissante, s'éteignit tout à coup; on vit alors à quel point l'orbite de ses yeux était creusé et quelle morne tristesse s'était emparée de son âme; elle fit pitié; dans ce dernier éclair elle avait concentré l'orage de sa vie.

Elle promena des regards étonnés sur les juges et sur les assistants sans savoir ce qu'on voulait d'elle et pourquoi on l'avait fait venir; il y eut une minute où la connaissance de ce qui se passait lui manqua, puis la mémoire lui revint, et un sourire amer plissa ses lèvres; elle était effrayante dans son état de maigreur et d'immobilité. Jouvenet l'aurait prise pour figurer la vengeance désarmée par les lois, et aurait demandé à consacrer ce souvenir au plafond de la grand'chambre. La dame de Liancourt ne put s'empêcher de ressentir quelque effroi à la vue de ce spectre, qui paraissait sortir du tombeau pour la menacer encore de sa rage inexorable.

Le président ordonna à la condamnée de se mettre à genoux, selon les termes de l'arrêt, et de solliciter le pardon de sa faute; son confesseur lui dit quelques mots à l'oreille, et elle s'agenouilla. Elle voulut ouvrir la bouche et proférer son excuse, mais cet effort étant au-dessus de ses forces, elle tomba morte sur le plancher.

Telle fut la fin héroïque de cette marquise d'autrefois. Le marquis de Tresnel et M. de Liancourt se battirent pour la forme quelque temps après, mais le sieur de Liancourt continua à vivre séparé de sa femme; et M. de Tresnel regretta-t-il la sienne? Il est permis d'en douter.

Hippolyte Lucas.

LA CHARITÉ

La mère est au travail. — L'atelier vaste et sombre,
La machine géante aux rouages sans nombre,
Le bruit rapide et lent des balanciers de fer,
Le sifflement aigu de la vapeur qui monte,
Le hennissement sourd de ces monstres de fonte...
    La mère est là, dans cet enfer !

La mère est au travail. — A quoi donc songe-t-elle ?
D'où lui vient tout à coup cette pâleur mortelle ?
Succombe-t-elle au poids du labeur étouffant ?
Songe-t-elle aux beaux jours d'été dans son village,
Aux murmures du vent dans la lande sauvage ?...
    Non : elle songe à son enfant !

Quand la mère est partie, il dormait dans son lange ;
Elle a longtemps, du seuil, regardé le cher ange
Et la sœur de l'enfant qui veillait près du lit...
Mais, depuis le matin, que de périls, peut-être !
La faim, le feu, le froid, l'escalier, la fenêtre !...
    Que fait-il donc, le tout petit ?

La mère veut courir, voler... Il faut attendre !
Et les cris de l'enfant, qu'elle ne peut entendre,
Retentissent au fond de son cœur jusqu'au soir...
« Demain je resterai, dit-elle ; que m'importe
De gagner plus d'argent, si je suis folle ou morte ?
    J'ai des enfants, c'est pour les voir ! »

Demain, tu reviendras au travail, pauvre femme,
Mais sans larmes, sans peur, sans tristesse dans l'âme.
Tes enfants sont à toi, la nuit; à nous, le jour !
Riche ou pauvre, chacun fera son œuvre immense :
Où la mère finit, la charité commence !
    Le devoir succède à l'amour !

Oui, c'est notre devoir. — C'est aussi notre joie;
Portez-nous ces enfants que Dieu lui-même envoie,
Donnez-leur, en riant, un baiser pour adieu ;
Les heures du travail vous seront moins moroses,
Car vous retrouverez, ce soir, gentils et roses,
    Vos enfants surveillés par Dieu !

Mères, confiez donc vos anges à des saintes !
Ces filles du Seigneur savent calmer les plaintes :
Tous ces petits Jésus sont bien sur leurs genoux ;
Cygnes des lacs du ciel, que Dieu préfère aux aigles,
Elles savent parler à ces oiseaux espiègles
    Un langage oublié par nous !

Chantez donc dans vos nids et dormez dans vos crèches,
Chérubins, chérubins ! têtes blondes et fraîches !
Grandissez, souriez à nous qui nous courbons !
Préludez par la joie aux combats de la vie :
Qui connaît la tendresse ignorera l'envie;
    Soyez heureux, vous serez bons !

Et vous, heureux du monde, au sein de vos richesses,
Pour ces humbles enfants prodiguez vos largesses,
Enrichissez vos cœurs de vos biens répandus;
Pensez à l'enfant pauvre en regardant les vôtres :
Dieu leur rendra les dons que vous faites à d'autres,
    En joie, en bonheur, en vertus !

Vicomte HENRI DE BORNIER.

JULIETTE

ALCONE et sa fille habitaient Paris depuis peu de temps.

Jusque-là, ils avaient demeuré à Venise, dans une petite maison isolée, ouverte seulement à quelques artistes. Mais, quoique le fanatique musicien n'eût pas d'autres passions que sa fille et les arts, les troubles de l'Italie, vers la fin de 1849, les avaient forcés à chercher ailleurs un asile tranquille. Où aller? En Allemagne? Falcone partageait le préjugé des Italiens sur le ciel brumeux et le rude climat de la Germanie. En Espagne? En Angleterre? En France? Après bien des hésitations, il s'était décidé pour Paris. Au quartier désert de l'ancien Tivoli, il avait trouvé une maisonnette entre des arbres. C'est là qu'il s'était établi depuis deux mois, ayant pour uniques serviteurs un jardinier et sa femme, logés dans un petit pavillon distinct au bord de l'avenue.

Leur retraite n'était troublée ni par des visites importunes, ni même par les rapports vulgaires de la vie courante. Personne n'avait jamais été admis dans l'intérieur de l'ermitage. Tout ce qui venait du dehors parlementait au pavillon d'entrée, où le jardinier gouvernait les affaires extérieures.

Le voisinage avait lancé d'abord quelques interrogations curieuses sur les nouveaux habitants de la maison aux tilleuls. Mais il fallut se contenter d'apprendre que c'étaient un vieux musicien fantasque et sa fille, tous deux uniquement consacrés à leur art.

Cependant, quand ils sortaient pour quelque promenade, on les examinait au passage comme des types singuliers. Cette curiosité les suivait partout, même dans la campagne, où ils allaient de temps en temps respirer le grand air et admirer la nature.

La taille élancée de Falcone, sa démarche excentrique, ses traits si fermement dessinés, l'étrangeté de son regard fauve, attiraient partout l'attention, non moins que la tournure distinguée de Juliette.

Les travailleurs des champs, quoique habitués aux promeneurs parisiens, dressaient par-dessus les buissons leurs têtes étonnées. Les enfants des villages couraient autour d'eux le long des chemins. Juliette les caressait, les faisait parler et cueillait, en leur compagnie, des pâquerettes ou des bluets. Mais Falcone s'impatientait de provoquer ainsi partout une inquisition qu'il ne s'expliquait point.

C'était bien un autre ennui quand ils se hasardaient dans Paris. Tout le monde se retournait pour contempler cette belle jeune fille au teint bistré, accompagnée d'un vieillard à la fois si noble et si bizarre. On devinait facilement qu'ils étaient artistes; mais on cherchait à leur appliquer des noms et les plus célèbres. Avec un peu de superstition, on eût pris volontiers Falcone pour l'ombre de Paganini, revenue parmi les vivants. Il rappelait aussi Hoffmann et les créations de la poésie allemande. N'était-ce point le docteur Faust lui-même, le Faust immortel!

Falcone se prêtait rarement, et à contre-cœur, à ces sorties en plein jour. Il inventait mille prétextes pour ne point franchir la grille de l'ermitage. Il prétendait qu'une promenade dans l'allée des tilleuls était aussi saine et aussi agréable qu'une course à travers prés. Il trouvait les environs de Paris plats, et point du tout pittoresques, sans ondulations de terrain, sans grandeur et sans imprévu. Alors, il se livrait à de magnifiques descriptions des Alpes, des Apennins ou du Tyrol, des plaines de la Lombardie ou de la campagne romaine, du golfe de Naples, et, en général, du ciel italien. Quant à Paris lui-même, quelle ville grise et uniforme, comparée à Venise si brillante et si variée, à Milan pavé de marbre, à Gênes avec ses mille palais, à Florence et à Rome! Paris ne valait pas la peine que Juliette y mouillât dans les ruisseaux le bout de ses petits pieds.

Juliette souriait à ces déclamations exagérées, et protestait que Paris avait bien son caractère et son attrait, même à côté de Rome et de Venise.

Ce désaccord unique et passager, à propos de la France, de Paris et de ses alentours, faisait naître parfois un certain malaise entre le père et la fille.

Juliette cherchait à pénétrer la cause d'une sauvagerie jalouse qui les condamnait à une sorte d'emprisonnement. Comment Falcone, toujours si indépendant, s'inquiétait-il à ce point de l'attention publique? Avec son amour des arts et son enthousiasme pour toutes les nouveautés, comment renonçait-il à visiter les musées, les bibliothèques et les autres merveilles de la première ville du monde? Avec son goût pour le paysage et ses attendrissements devant tous les aspects de la nature, comment n'aimait-il point les bords de la Seine, et les collines gracieuses qui les dominent?

Juliette ne s'expliquait point ces contradictions et s'en attristait.

De son côté, Falcone se reprochait la mélancolie de Juliette. Il soupçonnait bien que l'esprit de la jeune fille s'envolait souvent par-dessus les tilleuls et errait dans un monde qu'elle aspirait à connaître. Autrefois, elle se passionnait pour l'étude et s'abandonnait tout entière aux délices de l'art, sans s'apercevoir de l'isolement. Pourquoi semblait-elle distraite aujourd'hui, et plutôt résignée qu'heureuse? Que se passait-il dans ce jeune cœur? Était-ce la première rêverie de l'amour? Ou bien, peut-être, l'artiste ambitionnait-elle les applaudissements de la foule et la gloire promise à la supériorité de son talent?

Falcone formait ainsi mille conjectures et s'en effrayait.

Mais leur intimité affectueuse n'en était point troublée.

Quand Juliette se sentait un peu triste, elle allait à ses parterres moissonner des brassées de fleurs, dont elle enguirlandait tout le petit salon ; quand Falcone était trop préoccupé, il trottait en mesure dans son allée favorite, les cheveux au vent ; et quand ils se retrouvaient tous deux près du piano, quelques notes touchées par Falcone ou chantées par Juliette les remettaient aussitôt en bonne harmonie.

Le soleil baissait. Juliette, accoudée sur la fenêtre, contemplait le couchant à travers les grands arbres du jardin. Un rayon glissait sur ses cheveux abondants et les illuminait d'une teinte rougeâtre.

Le vieux Falcone, assis sur le divan, contemplait Juliette.

Bientôt l'ombre monta irrésistiblement jusqu'à la pointe des feuillages, et la dernière lueur du ciel s'éteignit.

Alors la jeune fille se retourna vers son père et lui tendit la main.

— Que tu es belle, ma Juliette! dit Falcone, en l'attirant vers le piano. Mais à quoi rêves-tu ce soir? à Venise? Joue-moi une de ces fantaisies que chantent là-bas nos pêcheurs de l'Adriatique.

Les longs doigts de Juliette essayèrent quelques souvenirs italiens.

Mais son esprit n'était point au passé. Peu à peu, ses mains distraites s'agitant sous son impression du moment, elle improvisa une sorte de pastorale, d'abord simple et large, puis brillante et enflammée, et qui se perdit en mineur, comme la *Dernière Pensée* de Weber.

— Mais, dit Falcone, c'est un soleil couchant que vous venez de faire là...

— Peut-être... Pourquoi le son ne correspondrait-il pas à la couleur? On dit bien qu'une peinture est harmonieuse ; pourquoi la musique ne peindrait-elle pas la lumière et l'ombre? N'est-ce point votre avis, cher maestro? ajouta Juliette souriant.

— Il est vrai, dit le musicien enthousiaste, et je ne serais guère embarrassé pour chanter des paysages. Tous les arts sont analogues. La poésie nous emprunte le rhythme. La danse nous emprunte la mesure. La musique, Juliette, c'est l'art divin par excellence, l'art complet. Oh! que je suis heureux d'avoir fait de toi une grande artiste...

— A quoi bon, cependant! soupira Juliette pensive.

Le vieux compositeur, sans répondre, se mit à marcher vivement d'un bout à l'autre du salon.

Sa haute taille, un peu courbée d'habitude, s'était redressée ; de temps en temps, par une brusque saccade, il secouait en arrière sa chevelure grise ; ses yeux creusés par la méditation scintillaient dans l'obscurité.

Après quelques minutes de cette promenade fiévreuse, il se rapprocha de Juliette avec émotion, et l'enlaçant de ses bras :

— Est-ce que l'art ne te suffit plus, dit-il? Est-ce que tu n'es pas aussi heureuse que ton père, ma Juliette bien aimée? Si tu savais quelles joies tu as versées dans mon cœur, depuis que tu es au monde! Quand, toute petite, blottie au fond d'une barque, bien près de moi, tu écoutais les flots sonores, moi j'admirais l'expression de ton visage, à ce premier éveil du génie. Puis, quand ta voix de jeune fille a traduit tes fraîches inspirations, tu me révélas des harmonies mystérieuses, ignorées des plus savants maîtres. Car c'est toi, Juliette, qui as créé tant de compositions originales que l'Italie nomme des chefs-d'œuvre. Moi, je n'ai fait qu'écrire dans notre langue chiffrée la musique de tes sentiments. Si quelque gloire s'attache au nom de Falcone en Italie, c'est toi...

— Que parlez-vous de gloire et de génie, à un enfant qui chante comme un oiseau dans les bois! J'aime notre art avec passion, mais c'est vous que j'aime dans l'art que vous m'avez enseigné. Si vraiment, je suis bien heureuse! heureuse surtout par l'affection dont vous entourez ma vie. Ma mère, que je n'ai point connue, n'aurait pas eu plus de tendresse. Si j'avais eu des sœurs, je n'aurais pas trouvé en elles plus de douce familiarité. Vous êtes toute ma famille, et je vous aime à la fois comme mon père, comme j'aimerais ma mère et ma sœur; je vous aime comme mon maître que vous êtes, et comme mon meilleur ami.

Falcone sentit des larmes rouler sur ses joues osseuses. A son tour, il alla regarder par la fenêtre le ciel où paraissaient alors quelques étoiles entre des groupes de nuages pommelés.

Pendant ce temps-là, Juliette avait allumé les bougies dans des candélabres d'acier, fixés au cadre d'un vieux miroir de Venise, où son image se réfléchit un instant.

La beauté de Juliette n'était pas très-régulière. Son front droit s'appuyait sur les arcs de sourcils un peu durs, à côté des veines azurées qui couraient de ses tempes jusqu'à la naissance des cheveux, relevés en gerbe et roulés derrière la tête. Sa bouche, assez grande, se creusait aux deux extrémités des lèvres, comme pour y cacher la finesse de la physionomie. Son col superbe portait ces lignes horizontales et circulaires que les anciens appelaient le Collier de Vénus.

Falcone prétendait reconnaître à ce signe infaillible une organisation vocale privilégiée, et il affirmait que tous les chanteurs éminents doivent avoir le col ample et richement modelé.

A première vue, Juliette était froide et peu communicative; mais quand elle parlait, une éloquence naturelle animait tous ses traits; quand elle riait, ses dents éclairaient son visage; quand elle regardait, ses yeux pénétraient jusqu'au fond de l'âme, et son vieux père se sentait magnétisé par une puissance supérieure.

Falcone, cependant, était un homme d'un rare caractère. Tout chez lui annonçait l'énergie des passions et une volonté que sa sensibilité seule pouvait faire céder.

Sous son front grandissant en arrière par une ligne abrupte, il y avait quelquefois le regard

5

d'un enfant, quelquefois une flamme sauvage. Ses narines mobiles donnaient une expression fougueuse à son nez aquilin. Il était maigre, élancé, métallique, et quand il remuait les bras, on croyait entendre le cliquetis de ses os. Mais sa tournure était pleine de majesté, son geste franc et irrésistible.

Esprit bizarre, cœur exalté, il tenait de l'artiste et de la femme, du héros et de l'aventurier. Peut-être avait-il beaucoup souffert; sans doute, il avait beaucoup aimé.

La fougue de son organisation, la sagesse de son expérience, l'ambition et le désintéressement, la fierté ou l'abnégation, la ténacité ou la faiblesse, une indépendance excessive et la plus généreuse bonté le gouvernaient tour à tour. Son fanatisme pour l'art et pour Juliette demeurait seul et toujours inébranlable au milieu des orages de ce caractère si douloureusement contrasté.

Juliette, comme Falcone, avait le teint foncé des Italiens; mais la nuance de sa peau légèrement ambrée n'approchait pas des vigoureuses touches brunes qui accentuaient le visage du vieux Maëstro. Cependant, lorsqu'elle se parait de fleurs devant la glace de Venise, elle disait, tout enjouée, à son père :

— Comme votre fille vous ressemble! Notre sang a la même couleur méridionale.

— Oui, répondait Falcone, tu me ressembles comme le marbre ressemble au bronze florentin.

Ce soir-là, Juliette n'était pas gaie; tourmentée d'une vague inquiétude, elle ne voyait même plus ses bouquets de fleurs dans des vases du Japon, ni toutes les raretés dont elle s'était plu à orner le petit salon d'étude, affectionné de Falcone. Elle n'admirait plus rien de ce luxe artiste qui, aux jours de sérénité, faisait sa distraction.

A quoi pensait-elle? au soleil couchant et à l'Italie qu'elle venait de quitter? à la grande ville, dont le bruit n'arrivait pas jusqu'à elle, et dont elle connaissait à peine les principaux monuments? à l'avenir, peut-être!

Falcone était toujours à la fenêtre, immobile et silencieux, perdu dans les immensités du ciel et du cœur.

Un bras vint le tirer de sa rêverie, et la voix perlée de Juliette lui dit tout bas :

— Est-ce que vous chantez en vous-même le firmament et les étoiles, et la nature qui frissonne au vent de la nuit?

— Oh! non, mon âme ne chante pas quand tu es triste, Juliette. Je ne vis qu'en toi seule, et tu m'as communiqué la mélancolie que tu t'efforces en vain de dissimuler. Pourquoi n'as-tu pas cette vivacité radieuse qui me réjouissait?...

Tous deux se dirigèrent lentement vers une causeuse encombrée de partitions que Falcone repoussa avec une certaine amertume, et quand ils furent assis l'un près de l'autre :

— Les femmes, reprit-il, n'ont-elles donc point pour les arts cette passion désintéressée et exclusive qui anime toute l'existence?... Il me semblait qu'à Venise tu ne désirais rien de plus que notre retraite consacrée à la poésie et à notre mutuelle affection! En Italie, nous avions quelquefois, il est vrai, la compagnie des artistes qui venaient visiter leur vieil ami. Nous exécutions ensemble les chefs-d'œuvre de nos maîtres à tous, des quatuors du grand Haydn ou des morceaux de Mozart, et tu nous chantais quelque canzetta légère du brillant Cimarosa. Nous entendions aussi de près le retentissement de nos propres œuvres. Combien de fois nous sommes-nous arrêtés au bord d'un Canal pour écouter, murmurées sur les gondoles, nos compositions récemment improvisées et déjà populaires!... Oh! l'admirable peuple que notre peuple italien! Comme il est prompt à comprendre et adroit à exprimer! Comme il est enthousiaste et amoureux de tout ce qui est beau! Comme il est sympathique à toute création nouvelle! Comme il fraternise librement avec le génie!... Italia! Italia! c'est elle que tu regrettes, n'est-ce pas? Oh! pourquoi avons-nous été forcés de la quitter!

— Non, dit Juliette, je ne regrette point l'Italie, et je sens qu'avec vous je puis être heureuse sur tous les coins de la terre. Un indéfinissable instinct m'attirait même vers la France. La France n'est-elle pas la seconde patrie de tous les peuples? Paris surtout m'apparaissait comme une de ces tours féériques d'où l'on aperçoit des horizons imprévus. La ville universelle me promettait je ne sais quelles révélations sur ma destinée. Il me semblait que je ne serais pas étrangère au milieu de ce peuple spirituel et amusant. Il me semblait que mes songes m'y avaient déjà promenée...

Elle s'arrêta, voyant Falcone se replier sur lui-même, et croiser convulsivement ses bras contre sa poitrine, comme pour étouffer son agitation. Puis, se laissant glisser sur le tapis, aux genoux de son père, elle releva vers lui ses yeux rayonnant de tendresse filiale.

Falcone serra entre ses deux mains cette belle tête un peu assombrie.

— Ma fille, ma Juliette! oh! je comprends bien tes aspirations de vingt ans! A ton âge, on s'imagine facilement que la vie vous réserve d'inestimables secrets. Crois-moi, Juliette, il n'y a de réel au monde que la poésie et les affections qui la développent. Aime-moi bien, car je t'aime tant! et je suis jaloux!... Oui, je suis comme l'avare, et je voudrais cacher mon trésor à tous les yeux. Pardonne-moi cet égoïsme insensé. Ne te plains pas d'un isolement qui nous rapproche sans cesse, et auquel nous devons les intimes jouissances de notre art. C'est la solitude qui a fécondé ton génie...

Juliette, émue, l'écoutait en silence.

— Ma fille, continua-t-il avec exaltation, tu ne me quitteras jamais...

— Jamais! s'écria Juliette.

Mme A. LACROIX.

LE SOIR EN ITALIE

À la fin de l'automne de 1838, j'allai me fixer à Sestri di Ponente, petite ville située sur le bord de la mer, entre Pegli et Corni-gliano, à quelques lieues de Gênes.

Cette ville, ou plutôt ce charmant village, qui se mire avec une sorte de coquetterie dans une mer bleue et presque toujours unie comme un miroir, et qui semble s'épanouir joyeusement au milieu de la plus riche campagne et sous le plus beau ciel du monde; ce village sans ruines, sans monuments, sans bibliothèque et sans académie, me promettait un séjour poétique et solitaire, fort convenable à un philosophe, à un écrivain, et surtout à un malade.

Quoique malade, j'étais alors occupé à composer un roman historique sur les chastes amours de Louis XII et de la noble Génoise Thomassine Spinola.

J'avais fait des recherches parmi les archives de plusieurs couvents voisins de Sestri, pour y découvrir, dans les obituaires et les actes de donations pieuses, quelques traces de mon héroïne, qui donna un si rare exemple d'amour et de vertu, en résistant à la passion de son *intendio*, et en mourant de douleur lorsque le faux bruit de la mort du roi de France se répandit à Gênes.

Je croyais d'ailleurs être mieux inspiré, dans l'exécution de mon ouvrage, par la vue des lieux que Thomassine Spinola avait habités jadis, et par les souvenirs de la délicieuse villa que ses descendants possèdent encore à Sestri.

C'était donc dans les jardins de cette villa, ornée et entretenue avec tout le luxe des maisons de plaisance italiennes, que je passais des journées entières à lire et à rêver, au murmure des cascades et sous l'ombrage des dernières feuilles, qui semblaient prêtes à se ranimer et à reverdir aux doux rayons du soleil de novembre.

Un soir, en me promenant sur une terrasse bordée de vases et de statues, j'aperçus en bas, auprès d'un bassin encadré de marbre blanc et alimenté par des fontaines qui coulent nuit et jour, j'aperçus plusieurs personnes qui n'avaient pas l'air de voyageurs de passage, et qui étaient là comme des hôtes familiers de la villa, quoique je ne les y eusse pas encore vues. Ce ne pouvait être les propriétaires, que je savais absents.

Je m'approchai, par une espèce d'instinct sympathique plutôt que par un sentiment de curiosité.

Je vis un vieillard et une femme d'un âge mûr, tous deux remplis de cette distinction extérieure qui révèle le rang social avant d'annoncer la fortune, et qui ne s'acquiert pas en même temps que celle-ci. L'homme avait quelque chose de glacial et de sévère dans la physionomie; la femme, au contraire, offrait la douceur et la tristesse peintes à la fois sur son visage. Ils causaient à voix basse et contemplaient une jeune fille assise et immobile dans un fauteuil. Je remarquai alors cette jeune fille, et je n'eus plus d'yeux que pour elle.

De longues descriptions ne rendraient pas exactement le caractère gracieux et mélancolique de sa figure et de sa pose : la figure, où la beauté et la noblesse des traits n'étaient point altérées par une pâleur mate et manquant de vie, recevait toute son expression de ses grands yeux bleus, au regard fixe, pénétrant et suave; la pose, quoique simple et imprévue, tirait de son abandon même un charme infini et s'harmoniait merveilleusement avec l'air d'indifférence complète et de souffrance habituelle, répandu dans toute la personne de cette intéressante inconnue.

Elle avait la tête penchée, les bras pendants, le corps affaissé comme par son propre poids; elle ne faisait aucun mouvement, si ce n'est que par intervalles elle jetait dans l'eau quelques miettes de pain que les cygnes poursuivaient à l'envi, en passant et repassant devant elle.

A ses côtés se tenait debout le concierge-jardinier de la villa, qui la considérait en silence; à ses pieds s'était placée avec recueillement une compagne, une sœur peut-être, belle et jeune comme elle, mais non pas comme elle atteinte d'une maladie incurable.

Cette amie essayait parfois de distraire la pauvre malade, en chantant des romances françaises bien lugubres ou bien sentimentales, avec accompagnement de guitare.

Je restai longtemps en observation sans être vu, et je me plaisais à bâtir dans mon imagination tout un roman intime sur les relations de ces personnages entre eux; mais le froissement des feuilles sèches sous mes pas attira l'attention du concierge-jardinier, qui leva la tête et me salua très-humblement, en me donnant de l'*eccellenza* comme toujours.

Il ne se borna pas à m'avoir découvert et reconnu, car il s'empressa de me désigner du doigt aux deux jeunes filles, et de me nommer sans doute, sans omettre aucun des renseignements qu'il pouvait fournir sur mon compte. Les deux jeunes filles, auxquelles il s'adressait avec cette volubilité de paroles et cette vivacité de pantomime qu'on rencontre partout en Italie, dirigèrent aussitôt leurs regards vers la terrasse où j'étais.

La malade parut s'éveiller en sursaut; elle s'agita dans son fauteuil, se souleva deux fois avec effort, et arrêta sur moi ses yeux bleus qui s'agrandissaient encore en ce moment et s'allumaient ainsi que des charbons ardents.

La honte d'être surpris en flagrant délit de curiosité m'empêcha de soutenir cette confrontation et, rougissant comme un coupable, je m'enfuis avec tant de hâte et de trouble, que j'oubliai sur le socle d'un vase le livre que j'y avais déposé.

Une heure après, au détour d'une allée où je marchais au hasard, l'âme pleine de pensées rompues et indécises qui revenaient sans cesse à cette jeune fille pâle que j'avais vue, en quelque sorte, ressusciter à mon nom, je fus tiré de mon soliloque mental par le refrain d'*eccellenza*, trois ou quatre fois répété à mes oreilles.

Le concierge-jardinier de la villa Spinola m'abordait, en me présentant les quelques fleurs qu'il avait soin de cueillir pour moi tous les jours, et qui me permettaient de rapporter à l'*albergo* un souvenir embaumé de ma promenade méditative. — Signor, me dit-il avec des saluts redoublés, il y a là-dedans une petite *fiore* de la part de la Signora.

C'était une fleur d'immortelle blanche, que la jeune fille pâle (ainsi que je me la désignais à moi-même) avait voulu ajouter au bouquet que le concierge faisait pour moi.

Je n'attachai aucune idée particulière à l'envoi de cette fleur, et je le regardai comme une de ces politesses réciproques que les voyageurs échangent si facilement à la première rencontre.

Le concierge me raconta que cette jeune personne, appartenant à une riche famille anglaise, était étique, c'est-à-dire mortellement attaquée de la poitrine, et qu'elle venait de France en Italie pour demander à ce climat bienfaisant une guérison que l'art n'espérait pas, à moins d'un miracle.

En rentrant à l'auberge, j'appris que la famille anglaise, que j'avais rencontrée à la villa Spinola, occupait un logement voisin du mien, et qu'elle se proposait de rester à Sestri pendant tout l'hiver.

Le triste état de la malade m'avait assez frappé pour que je jugeasse qu'il ne se prolongerait pas jusqu'au printemps. J'en fis la réflexion devant l'hôte, qui me répondit que Lord C... n'avait pas l'intention de lui faire tort, et s'était engagé à payer tous les frais et indemnités qu'occasionne la mort d'un étique.

Les maladies de poitrine sont assez rares en Italie; mais bien des malades, venus de l'étranger pour se rétablir, lorsque leur guérison est devenue impossible, succombent bientôt et sont, surtout après leur décès, l'objet d'une crainte superstitieuse que le nom d'*étique* inspire à toutes les classes de la population : on brûle, par mesure hygiénique, tous les effets mobiliers à l'usage de la personne défunte et même, de peur de la contagion, les murs de la chambre qu'elle habitait sont recrépis à neuf, les boiseries lavées à l'eau de chaux, le plancher gratté et remis en couleur, et tout ce qui est fer, purifié au feu.

Dans la prévision d'un pareil cas, Lord C... avait déposé deux mille francs entre les mains du curé de Sestri.

Le soir même, je me trouvai face à face avec Lord C... sur le palier de nos appartements; nous nous saluâmes, comme des gens destinés à vivre sous le même toit.

Plus avant dans la soirée, j'entendis des sanglots et des plaintes à travers la cloison qui séparait ma chambre de celle de la malade.

La servante, qui vint renouveler l'huile de ma lampe, pour qu'elle pût veiller aussi long-temps que moi, ajouta quelques détails à ceux que l'hôte m'avait communiqués sur la fille de Lord C...; elle me confia que cette jeune malade était non-seulement étique, mais encore possédée du démon, puisqu'elle se levait, agissait et parlait en dormant, de telle sorte qu'elle faisait alors ce qu'elle n'aurait pu faire éveillée : ainsi, on l'avait vue une nuit ouvrir la fenêtre, monter sur le chambranle extérieur et s'y tenir en équilibre sur un rebord large à peine de quelques pouces, quoique le jour précédent, elle n'eût pas la force de sortir de son fauteuil et de se mettre debout en s'appuyant sur le bras de son père.

Je ne tentai pas même d'expliquer à cette servante pieuse et crédule, que le démon n'avait rien à faire dans les phénomènes du somnambulisme.

Les matines sonnaient au couvent des Capucins de Sestri, et je n'étais pas encore las de promener ma plume sur le papier. Je n'entendais que le grincement de cette plume hale-tante, dans le silence qui régnait autour de moi, lorsque tout à coup, à des pas légers qui semblaient venir du fond de mon alcôve, succéda un bruit de verroux et de serrure...

J'interrompis mon travail, pour écouter, sans tourner la tête : il y avait quelqu'un dans ma chambre !

Je regardai brusquement du côté où l'on était entré, et je retins un cri de surprise et d'ef-froi, en voyant s'approcher une femme vêtue de blanc, que j'aurais prise, à sa pâleur et à sa démarche solennelle, pour un véritable spectre, si je n'avais reconnu la jeune fille pâle de la villa Spinola.

Elle s'était introduite chez moi par une porte qui existait dans mon alcôve et qui commu-niquait avec son appartement. Cette porte se trouvait bien close, quand j'avais été installé dans cette chambre; mais la clé était restée dans la serrure, à la disposition des locataires de la chambre voisine.

Une pareille visite à pareille heure m'étonna d'autant plus, que je ne pensai pas d'abord qu'elle m'était faite par une somnambule.

Je voulus aller au-devant de l'apparition qui venait à moi sans hésitation aucune; mais je fus comme enchaîné à ma place par une grosse pile de livres que j'avais entassés sur mes genoux et qui montaient jusqu'à mon menton.

— Pardonnez-moi, mademoiselle, dis-je en montrant la raison de force majeure qui me retenait assis; je ne m'attendais pas à l'honneur de votre visite...

Elle ne me répondit pas; mais, continuant à s'avancer comme si elle glissait dans l'air, elle s'arrêta vis-à-vis de moi, et commença une étrange pantomime que je ne compris que plus tard : elle portait la main à son cœur, puis à son front, et tendait les bras à un objet, invisible pour moi, que son imagination lui représentait. Elle se laissa tomber sur une chaise, croisa les bras, et prit la position d'une personne qui attend et qui écoute.

Je remarquai que ses yeux étaient fermés, et je me convainquis qu'elle dormait.

— Racontez-moi, lisez-moi quelque chose ! me dit-elle d'une voix douce et impérieuse à la fois.

Je ne savais quel parti prendre, et je me tus.

Elle exprimait toujours dans sa pose une attention si fixe et si persévérante, que j'eus la pensée de l'éprouver. Mais, comme je gardais le silence, elle fit un geste de dépit et renouvela sa prière avec un accent plus tendre et plus mélodieux encore.

— Ah ! contez, contez-moi ! dit-elle. Vous me ferez tant de bien !

Cette fois, j'obéis et je lus, faute de mieux, un chapitre de mon roman intitulé *Thomassine Spinola*, que j'avais là justement sous la main.

Elle écouta, dans une immobilité absolue, qui lui donnait une ressemblance effrayante avec la statue d'un tombeau en marbre blanc.

Quand je cessai cette lecture, faite à voix basse et presque inintelligible, elle recommença de porter la main à son cœur et à son front; puis, elle rentra dans sa chambre, dont elle referma la porte soigneusement.

Aux premières lueurs du matin, je ne dormais pas encore.

Le jour suivant, à la villa Spinola, je me mis naturellement en rapport de connaissance avec Lord C... et sa famille.

D'après les éloges que le concierge-jardinier lui avait faits de mon *eccellenza*, il me jugea digne de recevoir ses confidences et m'initia, sans aucune réticence, à des secrets que je ne me serais jamais permis de lui arracher.

Il me dit que sa fille avait été élevée en France, et que cette éducation dans un des meilleurs pensionnats de Paris fut la source de tous leurs malheurs. La jeune personne, séduite par de mauvais conseils et de mauvaises lectures, s'était abandonnée aux entraînements de son imagination romanesque, et avait éprouvé une vive sympathie pour un jeune homme qu'elle voulut épouser.

Ce jeune homme était un écrivain français, fort estimé dans les lettres, mais sans nom et sans titre dans le monde aristocratique, sans fortune héréditaire et sans autre position sociale que celle qu'il devait à son talent.

Le père s'était formellement opposé à tout projet de mariage : il avait éloigné le jeune homme et surveillé de si près la jeune fille, qu'elle ne put jamais le revoir; elle n'eut pas même la consolation de lire les ouvrages qu'il publiait, et que Lord C... ne laissait pénétrer sous aucune forme jusqu'à la malheureuse victime d'une affection, en quelque sorte, littéraire.

Le chagrin ne tarda pas à porter ses fruits, et cette pauvre folle fut frappée à mort.

Le voyage d'Italie accéléra les progrès du mal incurable qui la dévorait; car elle se sentait mourir, et on avait mis plus de deux cents lieues entre elle et celui qu'elle aimait ! Je plaignis cette passion funeste, qui allait se réfugier dans le cercueil comme dans un asile inviolable, et je gémis au fond de l'âme, en regardant avec des larmes la mourante, qui me regardait aussi avec un sourire angélique.

Je demandai à Lord C... quel était le nom du jeune homme qu'il avait refusé d'unir à sa fille : il haussa les épaules, et me répondit d'un ton bourru, qu'il ne l'avait jamais su ni voulu le savoir, et que d'ailleurs ces gens-là n'avaient pas de nom. J'évitai de contrecarrer ses préjugés à cet égard, et je me bornai à lui faire entendre que le bonheur et la vie de sa fille valaient bien un sacrifice d'ambition ou de vanité. Il haussa encore les épaules et, rompant la suite d'un entretien qui lui déplaisait, il s'enquit de ce que la villa Spinola avait pu coûter à ses fondateurs, et prit de là un texte d'éloges pour les jardins anglais en général, et pour le parc de Windsor en particulier.

Les nuits suivantes, je fus visité comme la première fois par la somnambule, qui vint encore solliciter de moi des lectures ou des récits.

Je lui lus de la sorte, chapitre par chapitre, le roman que je composais alors. Je m'aperçus que ma docilité à satisfaire la fantaisie de la malade endormie, produisait sur elle un effet salutaire en la calmant.

Je songeai donc à prolonger ce singulier traitement, que les médecins n'avaient garde de deviner, et j'écrivis à mes confrères de Paris pour les prier de m'envoyer quelques pièces inédites de leur portefeuille; je voulais, disais-je, en former un recueil d'autographes que je devais déposer à la bibliothèque Laurentienne de Florence, comme un hommage de la littérature française, en expiation du célèbre pâté d'encre de Paul-Louis Courier.

Mes chers confrères ne me firent pas longtemps attendre la réponse : les pièces, dûment signées, m'arrivèrent à la fois.

Aussitôt, sans avoir réfléchi à la conséquence d'une telle démarche, je m'empressai de les porter à la poitrinaire, dans la villa Spinola, où j'avais coutume d'aller tous les jours lui tenir compagnie, presque sans prononcer une parole, mais aussi sans la quitter des yeux.

Je lui remis le manuscrit, qu'elle feuilleta d'une main tremblante, et je lui expliquai comme quoi j'étais l'ambassadeur de tous les gens de lettres français qui s'informaient des nouvelles de sa santé et faisaient des vœux pour son rétablissement... Elle ne m'entendit pas, car elle venait de perdre connaissance, en approchant de ses lèvres le manuscrit que je lui avais présenté.

On la transporta évanouie à l'auberge; elle ne revint à elle, que pour agoniser et mourir.

J'ai toujours soupçonné, en m'accusant d'avoir hâté sa mort, qu'elle avait entrevu la signature de celui qu'elle regrettait toujours, dans le recueil manuscrit que j'ai publié, depuis, comme un hommage à sa mémoire.

P.-L. JACOB, bibliophile.

LE PAUVRE AVEUGLE

L'injuste arrêt, sur ma tête innocente
Ne pèse plus, et l'on brise mes fers!
Vieux prisonnier, une main bienfaisante
Vient effacer les maux que j'ai soufferts...
La liberté, ce baume salutaire,
Hélas! pour moi s'est changée en poison,
Car je suis seul désormais sur la terre...
    Ah! je regrette ma prison!

N'espérant plus qu'en ces cachots funèbres
Dieu fit descendre un rayon de pitié,
Je prenais goût au silence, aux ténèbres,
Spectre vivant dans la tombe oublié.
J'avais donné pour compagne à ma vie
Une araignée, ainsi que Pélisson,
Et mon geôlier ne me l'eût pas ravie...
    Oui, je regrette ma prison!

Mon souvenir vainement se réveille...
Dans cette foule immense aux cris joyeux,
Pas une voix qui parle à mon oreille!...
Mon œil éteint ne verra plus les cieux...
J'eus autrefois une femme, une fille,
Et le bonheur habitait ma maison...
Mais tout est mort, tout, amis et famille!...
    Oh! qu'on me rende ma prison!

P.-L. Jacob, bibliophile.

DANS LES CHAMPS

SOUVENIRS D'ENFANCE

JE suis née à la campagne, j'y ai passé les deux tiers des années que j'ai vécu. Je m'y sens rappelée toujours, et par le charme des premières habitudes, et par le goût de la nature; sans doute aussi par le cher souvenir de mon père qui m'y éleva et fut le culte de ma vie.

Ma mère étant malade et fatiguée de plusieurs couches successives, on me laissa longtemps en nourrice chez d'excellents paysans qui m'aimèrent comme leur enfant, je restai vraiment leur fille; frappés de mes façons rustiques, mes frères m'appelaient *la bergère*. Mon père habitait, non loin de la ville, une maison fort agréable qu'il avait achetée, bâtie, entourée de plantations, voulant, par le charme du lieu, consoler sa jeune femme de la grandiose nature américaine qu'elle venait de quitter. L'habitation, bien exposée, au levant et au midi, voyait chaque matin le soleil se lever sur un coteau de vignes, et tourner, avant la chaleur, vers les cimes lointaines des Pyrénées, qu'on aperçoit dans les beaux temps. Les ormeaux de notre France, mariés aux acacias d'Amérique, aux lauriers-roses et aux jeunes cyprès, brisaient les rayons de la lumière et nous l'envoyaient en reflets adoucis.

A notre droite, un bosquet de chênes, fermé d'une épaisse charmille, nous abritait du nord et de l'aigre vent du Cantal. A gauche, dans un vaste horizon, s'étendaient les prairies et les champs de blé.

Un ruisseau courait sous les genêts à l'abri de quelques arbres; léger filet d'eau, mais limpide, marqué le soir à l'horizon par un petit ruban de brume qui traînait sur ses bords.

Le climat est intermédiaire; la vallée qui est celle du Tarn, participant des douceurs de la Garonne et des sévérités de l'Auvergne, n'a pas encore les productions du Midi qu'on trouve pourtant à Bordeaux. Le grenadier et le myrte y sont des plantes de serre. Mais le mûrier et la soie, la pêche fondante et parfumée, les raisins succulents, les figues sucrées et les melons en plein vent annoncent qu'on est dans le Midi. Les fruits surabondaient chez nous ; une partie de l'habitation était un immense verger.

Je sens mieux au souvenir tout le charme de ce lieu, son caractère varié.

Il ne laissait pas d'être sérieux et mélancolique en lui-même et par les personnes. Mon père, quoique agréable et vif, était un homme déjà âgé et d'une santé chancelante. Ma mère, belle, jeune et austère, avait la digne tenue de l'Amérique du Nord et de plus la prévoyance et l'économie active que n'ont pas toujours les créoles. Le bien que nous occupions, ancien bien de protestants qui avait passé par plusieurs mains avant de venir aux nôtres, gardait encore les tombes de ses anciens propriétaires, simples tertres de gazon, où les proscrits cachaient leurs morts, sous un épais bouquet de chênes. Je n'ai pas besoin de dire que ces arbres et ces sépultures, conservés par l'oubli même, furent dans les mains de mon père religieusement respectés. Des rosiers plantés de sa main marquèrent chaque tombe. Ces parfums, ces fraîches fleurs, cachaient le sombre de la mort, en lui laissant toutefois quelque chose de sa mélancolie. Nous y étions comme attirés, malgré nous, quand venait le soir ; émus, nous priions souvent pour les âmes envolées, et s'il filait une étoile, nous disions : « C'est l'âme qui passe. »

J'ai vécu dix ans, de quatre à quatorze, dans ce lieu aimé, parmi les joies et les peines. Je n'avais guère de camarades. Ma sœur, plus âgée de cinq ans, était déjà la compagne de ma mère, que je n'étais qu'une petite fille. Mes frères, assez nombreux pour jouer entre eux sans moi, me laissaient souvent isolée aux heures de récréation. S'ils couraient les champs, je ne les suivais que du regard. J'avais donc des heures solitaires où j'errais près de la maison dans les longues allées du jardin. J'y pris, malgré ma vivacité, des habitudes contemplatives. Je commençais à sentir l'infini au fond de mes rêves ; j'entrevis Dieu, mais le Dieu maternel de la nature, qui regarde tendrement un brin d'herbe autant qu'une étoile. Là, je trouvai la première source des consolations, je dis plus, du bonheur.

Notre maison aurait offert à un esprit observateur un très-aimable champ d'étude. Tous les êtres semblaient s'y donner rendez-vous sous une protection bienveillante. Nous avions une belle pièce d'eau poissonneuse, près de l'habitation, mais point de volière, mes parents ne supportant pas l'idée de mettre en esclavage des animaux qui vivent de mouvement, et chiens, chats, lapins, cochons d'Inde, vivaient paisiblement ensemble. Les poules apprivoisées, les colombes entouraient sans cesse ma mère, et venaient manger dans sa main. Les moineaux nichaient chez nous ; les hirondelles y bâtissaient jusque sous nos granges, elles voletaient dans les chambres même, et, chaque printemps, revenaient fidèlement sous notre toit. Que de fois aussi j'ai retrouvé, dans des nids de chardonnerets arrachés de nos cyprès par les vents d'automne, les petits morceaux de mes robes d'été perdus dans le sable ! Chers oiseaux que j'abritais alors sans le savoir dans un pli de mon vêtement, vous avez aujourd'hui un abri plus sûr dans mon cœur, et vous ne le sentez pas !... Nos rossignols, plus sauvages, nichaient dans les charmilles solitaires ; mais, sûrs d'une hospitalité généreuse, ils arrivaient cent fois le jour sur le seuil de la porte, demandant à ma mère, pour eux et leur famille, les vers à soie qui avaient péri.

Au fond du bois, aux troncs des vieux arbres, le pivert travaillait obstinément; on l'entendait encore fort tard, quand tous les bruits avaient cessé. Nous écoutions dans un silence craintif les coups mystérieux du travailleur infatigable, mêlés à la voix traînante et lamentable du hibou.

Ma plus haute ambition eût été d'avoir à moi un oiseau, une tourterelle. Celles de ma mère, si familières, si plaintives, si tendrement résignées au temps de la couvée, m'attiraient vivement vers elles. Si la petite fille se sent mère par la poupée qu'elle habille, combien plus par une créature vivante qui répond à ses caresses! J'eusse tout donné pour ce trésor. Mais il en fut autrement; la colombe ne fut pas mon premier amour.

Le premier fut une fleur dont je ne sais pas le nom.

J'avais un petit jardin sous un très-grand figuier dont l'ombre humide rendait toutes mes cultures inutiles. Fort triste et fort découragée, j'aperçois un matin, sur une tige d'un vert pâle, une belle petite fleur d'or!... Bien petite, frissonnante au moindre souffle, sa faible tige sortait d'un petit bassin creusé par les pluies d'orage. La voyant toujours frémir, je supposai qu'elle avait froid, et je lui fis une ombrelle de feuilles...

Comment dire les transports que me donnait ma découverte! Seule, j'avais la connaissance de son existence, et seule, sa possession. Le jour, nous n'avions l'une pour l'autre que des regards. Le soir, je me glissais près d'elle, le cœur plein d'émotion. Que de tendres baisers avant le dernier adieu!... Ces joies, hélas! ne durèrent que trois jours. Une après-midi, ma fleur se replia lentement pour ne plus se rouvrir... Elle avait fini d'aimer.

Je gardai pour moi mes regrets amers, comme j'avais gardé ma joie. Nulle fleur ne m'aurait consolée : il fallait une vie plus vivante pour rendre l'essor à mon cœur.

C.^{esse} DE TRACY.

LE CHEF-D'ŒUVRE

EORGES Valnek était un jeune artiste de vingt-cinq ans. Parmi les confrères qui venaient le voir de temps en temps dans son atelier, on remarquait M. Stephen, beaucoup plus âgé que lui, et dont la réputation était bien établie déjà; on appréciait généralement la touche vigoureuse de son pinceau et la richesse de son coloris. Plusieurs de ses tableaux, dont les sujets étaient presque tous puisés dans la Bible, appelaient l'attention par la vérité des détails et par l'expression des physionomies.

La vie de M. Stephen s'était écoulée paisiblement au milieu du travail; il n'avait pris aucune part aux plaisirs habituels des jeunes gens, et il était arrivé, en quelque sorte, à sa quarante-cinquième année avec toutes les illusions du jeune âge.

Georges avait plus vécu que M. Stephen. Ses succès de joli garçon et d'homme d'esprit lui faisaient aimer le monde. L'amitié des deux peintres était de date récente, et Georges rendait visite pour la première fois à M. Stephen, au moment où nous commençons ce récit.

M. Stephen venait d'achever un tableau qu'il destinait à la prochaine exposition et qu'il n'avait encore montré à aucun de ses amis. Georges lui exprima le premier le désir de connaître cette œuvre dont il lui avait souvent entendu parler. Nos deux peintres traversèrent alors une galerie où Georges put admirer de magnifiques tableaux représentant diverses écoles et signés par de grands noms.

Arrivé à son atelier, M. Stephen en entr'ouvrit seulement la porte et il dit à Georges :
— Regardez à votre droite ! Ne voyez-vous rien au fond de la pièce, tout au fond? Que pensez-vous de cela? Êtes-vous satisfait du coup d'œil ?

Georges Walnek ne répondit pas à cette question, mais il porta sa main à ses yeux comme s'il eût été frappé d'un éblouissement. A peine entré dans l'atelier, il avait aperçu le charmant profil d'une jeune fille de dix-huit ans à peu près; elle était occupée à copier le tableau du maître, lequel représentait Jacob pleurant la mort de son fils Joseph.

Elle avait rejeté négligemment ses blonds cheveux sur ses épaules. Ce fut pour Georges comme une vision.

— Eh bien! continua M. Stephen, quelle est votre impression?

— Oh! la charmante tête! répondit Georges. On dirait une madone de Raphaël!

— Mais il n'y a pas de femme dans mon tableau, reprit M. Stephen; on n'y voit que le vieux Jacob et les frères de Joseph. Où avez-vous les yeux?

— Pardonnez-moi, s'écria Georges; je parlais de la jeune personne qui est là. Vous ne m'aviez pas dit que vous eussiez une fille?

— Ce n'est pas ma fille, c'est une élève, dit M. Stephen avec indifférence.

Et, s'approchant avec Georges, il présenta son jeune ami à la gracieuse artiste, qui, absorbée dans son travail, ne les avait pas même entendus.

Léonie, c'était le nom de l'élève de M. Stephen, accueillit Georges avec un aimable sourire.

En ce moment, le soleil brillait d'un vif éclat; ses rayons, reflétés par la dorure des cadres, donnaient de l'animation à ce pittoresque intérieur. Les portraits semblaient se détacher en relief et s'animer du souffle de la vie; mais tout cela paraissait préoccuper fort peu Georges, qui avait les yeux continuellement fixés sur Léonie. En effet, quel portrait aurait pu lutter de finesse et de distinction avec cette charmante jeune fille? Ses traits étaient d'une régularité parfaite. Sa manchette, qu'elle avait relevée pour peindre plus aisément, laissait apercevoir un bras dont la forme arrondie et la blancheur ne pouvaient manquer de séduire un peintre. Il y avait dans le regard de Léonie quelque chose de suave et d'angélique.

C'était cette douceur de physionomie, qui avait touché M. Stephen, quand il avait vu pour la première fois la jeune artiste au musée du Louvre, où elle allait chercher l'inspiration des grands maîtres en copiant leurs œuvres. A partir de ce jour, le Louvre était devenu le lieu de promenade habituel de M. Stephen; il examinait attentivement les progrès de Léonie, sans perdre l'occasion de lui donner quelques bons conseils, et il s'aperçut bientôt qu'il lui avait inspiré assez de sympathie et de confiance, pour qu'elle n'hésitât pas à venir travailler dans son atelier. Il s'intéressait donc vivement à l'avenir de cette jeune artiste.

M. Stephen était fier à juste titre du tableau qu'il considérait comme son chef-d'œuvre. Le style simple, comme il convient à des sujets bibliques, n'excluait pas le sentiment dramatique. Les frères de Joseph, annonçant à leur père la mort de son fils, étaient admirablement groupés; sur leurs vivantes physionomies, se peignaient à la fois l'impudence du crime et la crainte du châtiment. Jacob, assis sur une pierre, le front dans une de ses mains, les doigts crispés, le corps plié en deux, avait l'attitude de l'homme à qui on vient de ravir sa seule joie, sa dernière consolation.

M. Stephen éprouvait une véritable satisfaction à montrer son œuvre.

— Examinez cela dans un bon jour; d'ici, par exemple, disait-il à Georges: y voyez-vous de l'effet? vous rendez-vous bien compte de la variété des tons, de la pâleur des reflets, vous qui vous y connaissez? Donnez-moi votre avis franchement, en ami?

Georges faillit recommencer l'éloge de Léonie, mais il s'aperçut de sa distraction, et rendit au tableau du peintre la justice que méritait cette belle page de peinture religieuse. Léonie eut néanmoins le temps de comprendre que le patriarche Jacob et ses fils l'intéressaient assurément moins qu'elle-même, et elle baissa les yeux en rougissant.

Au sortir de l'atelier, Georges ne put s'empêcher de dire à M. Stephen :

— Voulez-vous que je vous parle franchement? Votre tableau est un chef-d'œuvre, mais il y a, parmi tous vos portraits, tous vos tableaux et toutes vos esquisses, une tête bien plus finie encore que celle de Jacob et de ses fils, c'est la tête de votre élève.

— Léonie? reprit M. Stephen. J'en conviens; mais je vous assure que j'admire beaucoup moins une jolie femme qu'un beau portrait, par exemple. L'une sert de modèle et l'autre n'est qu'une copie, cela est vrai, mais c'est dans la copie qu'éclate le génie de l'artiste, ce feu sacré qui nous vient de Dieu...

— Phrases que tout cela ! s'écria Georges : la Nature vaut toujours mieux que l'Art, et je suis heureux d'avoir découvert chez vous un trésor dont vous ne soupçonniez pas l'existence.

Après le départ de Georges, M. Stephen resta sous l'impression de la conversation qu'il venait d'avoir avec lui. Georges, d'après cette entrevue, ne lui paraissait pas éloigné de devenir épris de Léonie. « Ces jeunes gens ne doutent de rien, se disait-il à lui-même; quelle insouciance pour le travail! quelle ardeur pour le plaisir ! » Puis, son esprit se livrait pour la première fois à des réflexions d'un autre genre. « Après tout, pensait-il, Georges a peut-être raison ; il y a un âge dans la vie où tout fleurit dans la nature, où l'âme voit éclore de généreux sentiments, comme l'arbre ses premières feuilles. » Georges était à cet âge que, pour sa part, M. Stephen n'avait jamais connu. Ces émotions et ces élans du cœur n'étaient-ils pas le témoignage d'une noble nature?

Quand M. Stephen rentra dans son atelier, il considéra Léonie, sans que celle-ci s'en aperçût. La jeune artiste, qui crayonnait en ce moment un dessin de fantaisie, laissait courir sa main sur le papier d'une façon gracieuse. Sa tête légèrement inclinée, son visage éclairé d'en haut, ses cheveux dénoués sur le cou, le négligé de son costume, l'insouciance de son attitude, tout faisait ressortir sa jeunesse et sa fraîcheur. M. Stephen y prit garde pour la première fois, et il pensa que Georges était décidément un garçon d'esprit pour avoir trouvé tout d'un coup cette perle de beauté. Il s'avança vers Léonie, tout fier de sa découverte.

— Léonie, lui dit-il, vous semblez rêver, ma chère enfant?

— Moi! reprit-elle aussitôt; mais vous voyez bien que je dessine, M. Stephen.

— Ah ! vous dessinez, c'est vrai ; je vous dérange...

— Mais pas du tout; restez auprès de moi ! lui dit Léonie avec un accent mêlé de reproche.

— Si fait, je vous dérange, reprit M. Stephen qui s'éloigna aussitôt sans oser regarder Léonie en face et sentant le rouge lui monter à la figure.

A quelques jours de là, et après être revenu plusieurs fois à l'atelier, Georges ne crut annoncer rien d'extraordinaire à M. Stephen, le jour où il lui dit que, las de la vie de garçon, il cherchait une affection solide dans le mariage, et qu'il atteindrait ce but en épousant Léonie.

M. Stephen fut d'abord surpris de cette résolution subite, puis il se hasarda à lui demander si du moins Léonie partageait ses sentiments. Or, comme c'était la dernière chose dont le présomptueux jeune homme eût douté, Georges s'empressa de rassurer son ami sur ce point : il avait deviné, dit-il, que la jeune artiste se trouverait très-heureuse et très-fière d'avoir été choisie par lui, elle sans fortune et sans position ; mais il voulait que le mariage se fît le plus promptement possible ; c'était là une affaire à régler dans les quarante-huit heures ; cette union assurerait le bonheur de Léonie et le sien, et c'était à M. Stephen qu'il appartenait de hâter cet heureux moment.

A toutes ces confidences, M. Stephen ne répondait rien, mais il semblait vivement préoccupé. Le moment lui semblait venu de connaître les véritables sentiments de Léonie, et il était retenu par sa timidité naturelle. Quand il se trouva seul avec Léonie, il lui dit :

— Monsieur Georges Walnek m'a tout appris... Je sais quels sont vos sentiments à son égard, continua-t-il après une pause. Ainsi, ce jeune homme vous plaît ; vous le connaissez depuis quelques jours à peine ; mais, c'est égal, vous l'aimez !...

Léonie fit un mouvement de surprise

— Eh ! mon Dieu ! je ne vois aucun mal à cela, avouez-le tout de suite ; vous l'aimez ?

— Et quand je l'aimerais ? hasarda Léonie, tout étonnée de la vivacité de son maître.

— Libre à vous. Et vous consentez à l'épouser ?

— Et quand j'y consentirais ?

— Cela dépend encore de vous. Il est jeune et beau, il est aimable... N'est-ce pas qu'il tourne bien les compliments ? Son art ne l'absorbe pas, mais c'est un charmant garçon.

— Charmant, en effet, reprit Léonie avec une certaine affectation.

— Charmant ! lui, charmant ! s'écria M. Stephen ; allons donc ! Qu'il s'en aille au diable ! Vous ne l'épouserez pas, Léonie, je vous dis que vous ne l'épouserez pas.

— Mon Dieu ! que signifie tout cela ?

— Cela signifie, Léonie, que vous n'êtes plus une enfant ; cela signifie encore que vous avez toutes les grâces et toutes les beautés de la femme et que je n'ai pas un cœur de pierre. Si près de vous, tous les jours, j'ai été frappé de la vivacité de votre regard, de la distinction de votre esprit ; j'ai senti naître en moi un sentiment plus doux encore que celui de l'art ; il m'a rendu heureux, oui, bien heureux, je vous jure. Enfin je vous aime, Léonie ; choisissez entre Georges et moi !... En ce moment, toute ma félicité dépend de vous. Je ne suis plus le maître qui ai veillé sur vos travaux, mais un ami qui vous demande votre main ; dites-moi seulement que je ne vous déplais pas trop ? J'ai besoin que vous me le disiez !

— Excusez-moi, répliqua Léonie toute confuse ; mais vous m'avez si peu habituée à ce langage, que je sais à peine comment y répondre.

— Oui, jusqu'ici je n'avais pas fait attention à vous, je le reconnais; j'étais aveugle. Mais, aujourd'hui, le jour vient de se faire autour de moi; je m'aperçois que j'étais un insensé de chercher le bonheur dans la gloire quand il était si près d'ici. Tous mes tableaux ne valent pas un de vos sourires; je donnerais mes meilleurs portraits pour une boucle de vos cheveux. Je n'ai fait aucun chef-d'œuvre, mais une œuvre très-ordinaire; le seul chef-d'œuvre qu'il y ait ici, c'est vous, vous si bonne et si belle... Pardon de vous avoir méconnue si longtemps! Se passionner pour une œuvre morte, ah! quelle folie, quand on a près de soi un pareil chef-d'œuvre vivant!... Écoutez, Léonie: aux artistes laborieux comme moi il faut une joie, une espérance, aux longues heures de la vie; cela les soutient et les encourage. Voulez-vous être cette joie pour moi? Nous travaillerons et nous serons heureux ensemble; votre gaieté sera comme le rayon de soleil qui éclaire les œuvres et ranime l'esprit. Nous voyagerons, nous irons en Italie admirer les grands maîtres. Si vous vouliez être ma femme, Léonie, il me semble que j'entrerais dans une vie nouvelle. Je verrais renaître l'espérance qui soutient les cœurs de vingt ans; je compterais pour rien le temps passé, et j'acquerrais de la gloire pour que vous soyez fière de moi. Une parole d'encouragement, Léonie, je n'en demande qu'une seule!...

— Vous ne m'aimez pas? dit à son tour Léonie. Jusqu'ici, ne m'avez-vous pas traitée comme un enfant sans importance? Eh! à quoi pensez-vous donc de me parler ainsi?

— Je vous comprends, répliqua M. Stephen, c'est à Georges que vous gardez votre cœur... Combien j'ai eu tort de vous dire ce que j'éprouvais! Je vais vous paraître bien ridicule maintenant. Eh bien! puisqu'il en est ainsi, l'air que je respire auprès de vous m'étouffe, je ne vis plus. Je vous quitterai; vous ne voulez pas de moi pour époux, je ne veux plus être votre maître. Il n'y aura plus désormais entre nous rien de commun; je tâcherai de vous oublier.

M. Stephen se mit à pleurer! Ses larmes le soulagèrent, car il devint plus calme et reprit :

— Oui! je m'éloignerai; mais, auparavant, je veux assurer votre bonheur : vous épouserez Georges, et comme vous n'êtes riches ni l'un ni l'autre, je vendrai ce tableau, le meilleur de tous mes ouvrages, et le prix que j'en retirerai, Léonie, ce sera votre dot.

— M. Stephen, lui dit alors la jeune fille touchée de cette preuve de dévouement, vous avez l'âme bonne et généreuse, mais je ne veux pas que vous vendiez pour moi votre tableau, et je ne puis accepter une dot, à moins que ce ne soit pour la partager avec vous.

Et elle lui tendit la main que M. Stephen porta avec empressement à ses lèvres, en s'écriant :

— Que m'importe à présent mon chef-d'œuvre, Léonie, puisque vous m'aimez!

Léo Lucas.

SOUVENIRS DE LA GRÈCE ANTIQUE

Pour se rendre de Navarin au village de Nisi, on contourne une partie de la rade, en suivant les aqueducs; puis, marchant vers le nord-est, on prend un sentier dont la trace disparaît bientôt au milieu des montagnes. Grâce au pas sûr et hardi de nos petits chevaux moraïtes, nous traversâmes rapidement deux lieues de ravins et de mornes arides. Là une cascade se précipite avec fracas de rochers en rochers; ici une lame d'eau tombe d'une seule chute, comme un rideau d'argent. Nous suivions quelquefois un étroit sentier au bord d'un précipice, et le bruit d'un torrent nous révélait l'abîme qu'un feuillage de lierre et de broussailles dérobait à nos yeux. Rien, dans ces solitudes profondes, ne rappelle le souvenir des hommes, si ce n'est quelques arceaux d'aqueducs, dont les canaux, disjoints par les racines des figuiers sauvages, laissent échapper l'eau qui mine leurs fondements; image d'un empire vieilli dont les digues ne peuvent plus retenir le torrent de l'insurrection, et où la liberté déborde de toutes parts. Après trois heures de marche, on arrive sur le vaste et fertile plateau de Combaï; on entre ensuite dans une forêt de chênes, que les Grecs appellent *Chila-Choria* (mille villages). Le bois traversé, on perd de vue les montagnes qui avoisinent Navarin, et l'on commence à apercevoir les neiges du Taygète.

Ici la Messénie change entièrement d'aspect. Ce n'est plus cette nature morte, ce chaos de précipices et de rochers, désordre horrible comme l'entrée du Ténare. Ce sont encore des vallées, des montagnes, mais tapissées de gras pâturages et d'arbres à fruits de toute espèce. Les accidents de terrain les plus bizarres variaient sans cesse, à nos yeux, de ravissants tableaux. Les ruisseaux étaient bordés de mûriers, l'olivier couvrait les coteaux et les terrains secs; l'aubépine, l'arbre de Judée, le myrte, le laurier-rose, prodiguaient leurs parfums et étalaient leur parure. Tous les champs étaient ensemencés, des troupeaux paissaient dans toutes les prairies.

Nous trouvâmes plusieurs ruisseaux qui tous se jettent dans la rivière de Navro-Zoumena.

Nous crûmes reconnaître entre autres le Cacus, père de Latone; l'Électre, fille d'Atlas, que l'on trouve, dit Pausanias, en allant d'Andanie à Cyparissie; plus loin, l'Achéa, près de laquelle Homère place la ville de Darium, et où Tamyris, fille de Philammon et d'Argiope, perdit la vue pour s'être glorifiée de chanter mieux que les Muses. Ces notions qui nous parviennent si vagues et si confuses à travers les ténèbres de la théogonie païenne, ne vous paraîtront peut-être ici que la réminiscence surannée des leçons de l'école; mais, si vous saviez de quels charmes elles se revêtent quand on parcourt les lieux où elles ont pris naissance! Et ce n'est pas à l'imagination seule à s'emparer de ce legs précieux de l'antiquité : il appartient surtout aux théories exactes, aux recherches positives de l'histoire. C'est en rapprochant les anneaux primitifs de la chaîne sociale, que la science, remontant aux premiers âges du monde, lèvera le voile mystérieux qui enveloppe encore l'enfance des peuples et l'origine de leurs institutions.

Nos guides, qui nous suivaient en psalmodiant un cantique ou un refrain national, s'étonnaient de nous voir arrêtés à chaque pas pour relever le cours d'une rivière ou la position d'une montagne. Nous n'étions encore qu'à huit lieues de Navarin, quand nous découvrîmes la plaine de Calamate, vaste bassin de verdure bordé au sud par le golfe du même nom, à l'est par la chaîne du Taygète, et au nord-ouest par le mont Ithome. Après avoir passé le Pamisus, qui, à l'endroit où nous le traversions, n'avait que deux pieds de profondeur, nous suivîmes, pendant plus d'une lieue, en faisant face à la Laconie, un chemin bordé d'aloès et de cactus, et nous arrivâmes à Nisi. Ce village est bâti en terre glaise, à peu près comme les bourgades des environs de Lyon ; je ne vois pas de quelle ville ancienne il pourrait occuper l'emplacement. Au reste, on n'y trouve aucunes ruines. Nous descendîmes chez un brave père de famille qui hébergeait les voyageurs pour suppléer aux trop modiques ressources d'un commerce de grains et de maïs. Une jalouse concurrence ne venait point entraver ses modestes spéculations, car sa maison était à peu près la seule qui fût construite en bois et qui eût un étage au-dessus du rez-de-chaussée.

Le lendemain, nous quittâmes Nisi, à la pointe du jour. Après avoir suivi quelque temps la route d'Androussa, nous la laissâmes un peu sur notre droite; nous savions que cette ville, dont le nom rappelle la sainte Andanie, n'est plus qu'un monceau de décombres. Nous prîmes donc à travers champs pour gagner le mont Ithome par la voie la plus courte, et nous y arrivâmes après avoir marché pendant quatre heures dans une direction parallèle au Taygète. En suivant ainsi la lisière occidentale de la plaine de Calamate, nous pûmes juger parfaitement la position respective des deux pays limitrophes.

Le sommet du mont Ithome se divise en deux pics, séparés par une gorge aride, qui, sans descendre jusqu'au niveau de la plaine, forme cependant un précipice large et profond. Nous contournâmes le mamelon de Mavromati, et, après avoir traversé diagonalement le ravin qui sépare les deux crêtes, nous nous trouvâmes sur le versant occidental de Vourcano. C'est le nom que les Grecs ont donné au pic du nord.

De cette position, nous découvrîmes un vaste et magnifique tableau. Une pelouse parsemée de lauriers-roses et d'orangers s'étend vers le midi jusqu'à la plaine de Calamate, dont elle est séparée par la chaîne Ithomienne. En regard de Vourcano, et à l'occident de la plaine, s'élève une montagne aride et nue ; plus loin, une autre fertile et boisée : la première est Calliga ; la seconde, Psoriari. Au nord, une muraille circulaire et flanquée de tours se détache, par une teinte blanchâtre, sur la verdure des coteaux : c'est Messène.

Au sommet de Vourcano s'élevait, il y a vingt-trois siècles, la citadelle d'Ithome, fameuse par un siége de vingt ans, auquel il ne manqua qu'un Homère. Sur les restes de cette place rasée par les vainqueurs, Épaminondas bâtit la forteresse de Messène, et enfin un couvent de religieux fut construit sur les fondements de ces deux citadelles.

Si vous montez au sommet du pic, vous n'y verrez que les murailles ruinées du monastère ; mais, poussé par ce besoin moral qui nous excite toujours à contempler les restes, la place même de ce qui n'est plus, vous voudrez franchir le *séjour du tonnerre*, vous voudrez peser dans vos mains cette poussière où le temps a confondu la citadelle des guerriers païens et la sainte retraite des hommes de paix. En descendant du Vourcano, vous chercheriez vainement quelque vestige du temple de Jupiter Ithomate, que Glaucus, fils d'Épylus et petit-fils de Cresphonte, avait fait bâtir sur la montagne ; mais vous trouvez la fontaine de Clepsydra ; et si vous voyez, comme nous, une jeune Messénienne baignant son enfant dans cette source sacrée, vous vous rappellerez que les nymphes Nedès et Ithome y lavaient le dieu dont les Curètes leur avaient confié l'enfance.

Non loin dans la plaine, vous rencontrerez le bassin d'Arsinoé , qui est alimenté par les eaux de Clepsydra , et qui se divise en plusieurs ruisseaux pour arroser les plants d'oliviers. Autour de cette fontaine était la place publique de Messène, qui renfermait la statue de Jupiter Sauveur, les temples de Neptune et de Vénus, et enfin une statue de Cybèle en marbre de Paros. Vous dirigeant ensuite vers le nord, vous entrerez dans un parc de myrtes, car telle est l'apparence de ce joli bois, dont l'art semble avoir sablé les chemins, dessiné les labyrinthes et ménagé les délicieux points de vue.

Il y a là un enchantement que le chantre des *Martyrs* ne pourrait rendre, que les pinceaux de Ciceri ne pourraient reproduire : vous apercevrez, par-dessus les branches, les sommités les plus saillantes des murs de Messène. Ni le lierre, ni la mousse ne relèvent leur vétusté ; le temps en a détruit une partie, mais celle qui reste debout n'a pas ressenti ses atteintes ; les pierres de taille, dont les arêtes sont vives et régulières, semblent posées là de la veille : ces murs enfin ont l'air plutôt de s'élever que de tomber en ruine. Tels ils devaient paraître, il y a deux mille ans, aux yeux des Messéniens, quand, les lyres béotiennes suspendant leurs accords, les peuples cessaient de travailler pour célébrer en silence les mystères des grandes déesses. Arrivé au pied des murailles, vous les verrez s'étendre environ l'espace d'un mille vers le mont Calliga. Si vous êtes de ces voyageurs curieux qui ne se contentent pas des aperçus généraux, et qui, la toise et le compas à la main, mesurent, comparent, analysent les choses, vous remarquerez que les pierres tirées de la montagne même ont presque toutes cinq pieds de long sur deux de large et dix pouces d'équarissage. Vous admirerez cette architecture merveilleuse des anciens, qui, par un art dont nous avons perdu le secret, superposaient les pierres sans chaux et sans ciment, engrenées, pour ainsi dire, les unes sur les autres, par la seule puissance du frottement et de l'attraction. Vous compterez sept tours encore debout, carrées, rondes ou hexagones, toutes percées de meurtrières pour lancer les flèches, et bâties suivant un système uniforme de fortification; vous observerez surtout la seconde tour, à partir de l'est, construite sur une circonférence de quarante-six pieds de diamètre : c'est la porte par où l'on sortait pour aller à Megalopolis, en Arcadie, qui fut aussi fondé par Épaminondas. Vous y verrez deux niches pratiquées dans le mur. L'une, au rapport de Pausanias, était ornée d'un Hermès antique; l'autre contenait sans doute la statue d'Aristomène; car, en écartant les branches de ce vieux figuier qui semble jaloux de la gloire du héros, vous distinguerez dans une inscription effacée quelques lettres de son nom. Mais, si vous êtes peintre, si votre coloris peut rendre la suavité d'un ciel de la Grèce, si vous savez assortir un heureux ensemble des ouvrages de l'art et des jeux de la nature, asseyez-vous sur ce fût brisé, devant la porte de Mégalopolis, et quand vous aurez reproduit sur votre toile cette tour inégalement crénelée par les outrages du temps, cette pierre énorme qui tombe en travers de la porte comme pour en défendre l'entrée aux profanes, cette ombre mystérieuse d'un bois sacré qui se projette sur un chemin pavé de pierres larges et blanches, ce je ne sais quoi d'antique et de divin qui vous inspire ici un silencieux recueillement, vous rapporterez, en souvenir de votre voyage en Grèce, la composition la plus pittoresque dont l'imagination d'un poëte tel que Chateaubriand puisse seul offrir le modèle. Cependant les souvenirs s'offriront en foule à vos méditations, et vous admirerez les auteurs fameux, les péripéties sanglantes de ce grand drame dont le dénoûment fut la fondation de Messène. Il fallait, en effet, pour que ces ruines vous offrissent aujourd'hui le sujet d'un charmant tableau, que deux peuples frères s'égorgeassent pendant trois siècles dans ces plaines qui furent leur berceau commun; il fallait qu'une nouvelle Iphigénie, vainement défendue par son amant, fût sacrifiée par son père, et que ce père malheureux répandît ensuite son propre sang sur le tombeau de sa fille; il fallait qu'une lyre magique brisât le glaive du vaillant défenseur d'Ira, et qu'un pédagogue boiteux, la risée des petits enfants d'Athènes, fît vibrer dans les cœurs des guerriers ses brûlantes inspirations, comme la voix du tonnerre roule d'échos en échos dans la chaîne du Taygète; il fallait enfin qu'un Épaminondas, tendant la main à un peuple abattu, vînt réparer l'injustice du sort et la cruauté des hommes... Que de choses dans les débris d'une muraille! Écoutons l'écho des ruines!

Lucien Davesiès de Pontès.

UNE SOIRÉE DANS LES LAGUNES

Je n'avais jamais vu de soir plus étoilé.
C'était comme en ces nuits dont Milton a parlé :
Sous mille feux épars de visibles ténèbres,
Des lueurs, embrasant les ombres trop funèbres,
Auprès d'un coin plus sombre, un coin plus éclairé ;
La lumière riant où la nue eût pleuré,
Un fouillis de clartés innombrables, étranges,
Qui sur le noir rideau débordant jusqu'aux franges,
Faisaient scintiller l'air à fatiguer les yeux ;
Et, repliant alors son deuil silencieux ;
Ainsi qu'une éplorée, accroupie en ses voiles,
Venise se couchait sous ce linceul d'étoiles.

Un souffle d'air léger, qui venait du Lido,
Frôlant le quai désert, frissonnait à fleur d'eau.
Le long du Grand-Canal, ceinture de la veuve,
Les vagues ondulaient comme celles d'un fleuve,
Et sous le vent du soir qui les faisait frémir
Berçaient Venise en pleurs pour la mieux endormir.

Ah ! que vous étiez loin, rayonnantes journées,
Où, Reine, elle invitait le monde aux hyménées
De son doge et des mers, quand sur le Grand-Canal,
Le soleil oublié comme un flambeau banal,
Honteux que sa splendeur ne fût plus la première,
Redemandait la nuit pour voiler sa lumière
Sur le brocard et l'or prodiguée à regret :
Il était éclipsé par ce qu'il éclairait.

Sous ce deuil, qu'auraient craint d'annoncer les prophètes,
Et qu'assombrit encor le reflet de ces fêtes,
Splendeurs qui paraissiez ne pas devoir finir,
Il faut pour vous trouver l'effort du souvenir.

Qui croirait, en voyant sous les mousses maussades,
Ces grands palais déserts, aux muettes façades,
Dont l'hôte, un jour de peur ou d'ennui, s'en alla;
Ces fenêtres, où rien ne dit qu'on loge là,
Car jamais un regard n'y brille sous le store,
Qu'ici même autrefois passait le Bucentaure !

Spectacle, spectateurs, tout hélas ! est parti.
Ils ne nous sont rendus que par Canaletti,
Au Louvre, en cette toile, où, sur un pont qui ploie,
Tant il est chargé d'or, de velours et de soie,
Du portail du Salut à Justiniani,
Longue procession sur un chemin béni,
La grande République en flots se développe.
Or, Justiniani c'est l'hôtel de l'Europe !
Le palais est auberge, afin d'être habité.

Venise, au grand lion lâchement fouetté,
Qui mets des hôteliers où logeaient des altesses,
Tu n'es pas seulement triste de tes tristesses,
Non, tu sembles surtout, ville au destin lassé,
Triste du long plaisir qui brûla ton passé;
Triste des nuits d'ivresse, où drame et mascarades
Souvent par le poignard dénouaient leurs charades,
Triste du carnaval, qui dansait sur tes flots,
Dont la joie à présent te revient en sanglots.
Mais ne te restât-il qu'un plancher de gondole,
Déesse au front brisé, je te veux pour idole !

Presque heureux qu'ici rien ne pût me consoler,
En méditant ainsi je me laissais aller
Au gré du bateau, noire et rapide hirondelle,
Dont l'œil est un fanal, dont une rame est l'aile.

L'ombre de plus en plus cependant s'allongeait,
Heureuse de la nuit, Venise s'y plongeait.

De temps en temps des bruits, qu'autre part on ignore,
Passaient comme un soupir. Sur la porte sonore
Des palais dépeuplés, parfois le lourd marteau
Tombait, pour dire : « On vit ici. » — Le Rialto
Découpait sur les eaux son arche comme un porche.
Tout allait s'endormir, quand au loin une torche
Paraît, une autre vient, qu'une autre encore suit.
A ces vagues lueurs qui réveillent la nuit,
Je regarde et je vois un étrange spectacle :
Au milieu d'une barque, ainsi qu'un tabernacle,
Se dressait un cercueil d'écarlate couvert.
C'est l'usage à Venise. On n'aurait pas souffert
Qu'un drap noir attristât cette ville enivrée :
La mort, comme une fête, eut la rouge livrée !
Un clerc psalmodiait. Les chants que j'entendis,
Quelques joyaux épars, m'apprirent que jadis
Celle qu'on emportait fut longtemps belle, riche,
Et qu'elle mourut veuve. Un grand soldat d'Autriche,
Dont l'habit blanc et noir était là le seul deuil,
Se tenait morne et fier près du rouge cercueil.
Tout disparut ; et moi, lorsque la litanie,
Dont la plainte revient dans mes nuits d'insomnie,
Se fut perdue au loin dans les sanglots du vent,
Je me trouvai plus triste encor qu'auparavant.

Je n'ai pas demandé quelle était cette morte.
Je l'avais deviné rien qu'à voir son escorte.
Mon cœur l'avait aimée et la reconnaissait.
Pour moi, n'était-ce pas Venise qui passait !

ÉDOUARD FOURNIER.

UNE GRANDE PASSION

LETTRES DE FANNY LINDER A UNE AMIE D'ENFANCE

Au château de Luisdalw, 16 avril 1760.

Tu vas dire sans doute : « Encore une lettre de Fanny ! » en recevant celle-ci, qui suit de si près la dernière, que tu liras l'une avant d'avoir oublié l'autre? Pardonne-moi de n'avoir pu t'envoyer quelques lignes de cette folle de Mathilde, au lieu de mes longues et mélancoliques sentimentalités, comme tu les nommes, sans réussir à m'en corriger : Mathilde ne trouvait pas une heure pour t'écrire, malgré tout le plaisir qu'elle avait à s'instruire des modes de Vienne, dans tes lettres qui nous ont menées tout cet hiver aux bals de la cour; mais désormais elle ne trouvera plus une minute à te donner, car notre cousin Ludovic de Volgen est revenu de Hongrie, et passera sans doute l'été au château; Mathilde se réjouit de cet événement (car l'arrivée d'un nouveau visage à Luisdalw est un événement extraordinaire); quant à moi, je n'en suis pas fâchée, puisque ma sœur est contente.

« Ne connais-tu pas Ludovic? Sans doute tu l'as rencontré dans le grand monde dont il est l'ornement? Certainement tu l'auras remarqué à l'élégance de ses manières, à la grâce de son esprit, à la distinction de sa tournure? C'est un homme parfait, pour parler comme Mathilde. En tout cas, tu te rappelleras l'avoir vu au parloir du couvent de Sainte-Croix, lorsqu'il vint nous y visiter, accompagné de son père, et qu'il t'apporta des nouvelles de ta famille, qui était alors à Bude : n'est-ce pas que tu te souviens de lui, qui d'ailleurs se souvient de toi? Il a vingt-six ans; il est de taille moyenne, mais fort bien prise; ses yeux sont bleus, ses cheveux sont blonds, et sa physionomie n'a pas perdu le caractère de malice et d'assurance qui t'avait frappée lorsqu'il n'était encore que page de l'empereur. Le page fut depuis officier aux gardes, et l'officier rendit ses épaulettes pour hériter d'une fortune immense que lui a léguée son oncle, le comte de Nerbald, un des plus grands propriétaires seigneuriaux de Hongrie. Voilà donc mon cousin devenu riche autant qu'il était pauvre avec sa noblesse pour unique patrimoine ! Je t'apprends tous ces détails, que tu sais mieux que moi probablement ; car cet héritage date de deux ans, pendant lesquels nous n'avions eu aucune nouvelle de Ludovic, qui habitait Bude et n'écrivait jamais à mon père ; mais, hier, sans que nous fussions avertis de son voyage qui semble fait exprès pour nous, il est arrivé au château comme un héros de roman. Je te laisse à penser quelle surprise et quelle joie.

« Son arrivée vaut bien qu'on la raconte : c'est un épisode de roman, je te le répète. Je me promenais seule à un demi-mille du château, sur le bord du Danube. Je chéris tous les jours davantage cette promenade que je t'ai déjà dépeinte tant de fois ; je l'aime surtout à cause de son aspect pittoresque et solitaire ; car la route qui passe auprès et conduit à Lintz est presque abandonnée aujourd'hui, parce que les inondations du fleuve la rendent impraticable durant une partie de l'année. Je ne te fatiguerai pas de mon admiration infatigable pour ce beau et sévère paysage, lorsque l'on n'entend autour de soi que les bruits de l'eau sur la grève et du vent dans les mélèzes : cette harmonie dispose merveilleusement à des pensées tendres et tristes à la fois ; oh ! alors, on sent qu'il serait doux d'aimer et d'être aimée, d'avoir au monde un être sur qui reposer toutes ses espérances ! On a des larmes dans les yeux, des soupirs dans la voix, de molles rêveries dans l'âme : car on reconnaît combien le monde est vaste et combien il est vide, en présence de cette eau bleue qui se précipite éternellement, de ces cailloux que le flot roule de rive en rive, de ces arbres qui gémissent à tous les vents ; aucun lien sympathique ne nous rattache à ces objets, qui ont pourtant la vie, le mouvement, le langage ; on est seul, profondément seul, au milieu d'eux, et l'on se demande avec anxiété si dans la nature rien ne nous touche, ne nous enchaîne... Où vais-je m'égarer ? mon Dieu ! Si je n'efface pas ce qui précède, c'est à condition que tu ne riras pas de ce rire moqueur qui te va si bien et qui me désespère.

« Hier, j'étais donc assise vis-à-vis du fleuve, sur une pierre moussue ; je méditais vaguement, mon livre tombé à terre, lorsque je relevai la tête à l'approche de deux cavaliers que je n'avais point aperçus de loin : c'était un jeune homme suivi d'un domestique sans livrée et de plusieurs beaux chiens de chasse ; le maître, qui avait l'air défait et abattu, ce que j'attribuai naturellement à la lassitude plutôt qu'à une cause morale, me charma dès l'abord, je l'avoue, par je ne sais quel prestige de noblesse et de grâce répandu dans toute sa personne. Je baissai mon voile et feignis de ne l'avoir pas vu ; mais il descendit de cheval et vint à moi, sans que j'osasse me lever pour éviter sa rencontre :

« Ma chère demoiselle, me dit-il avec un accent qui m'alla au cœur, connaissez-vous le château de Luisdalw ? — Oui, monsieur, répondis-je en rougissant. — En suis-je encore éloigné ? reprit-il. — Non, monsieur ! répliquai-je, reprenant mon livre qu'il avait ramassé : j'y demeure, et comme j'y retourne... — Fanny ! s'écria-t-il d'un son de voix que je n'eus garde de méconnaître. — Ludovic ! m'écriai-je en écho. » L'expansion de cette entrevue ne peut se décrire ; Ludovic m'embrassait, les larmes aux yeux, comme après une absence de vingt ans ou bien un naufrage qui a séparé deux existences longtemps unies. « Êtes-vous malade ? lui dis-je avec intérêt ; vous me paraissez triste ? — Triste ? Oh ! non, je suis trop philosophe, répondit-il en riant ; et vous, n'êtes-vous pas heureuse, ma cousine ? vous ne me semblez pas gaie ? — Moi ! repartis-je indifféremment, je ne suis ni heureuse ni malheureuse : qu'est-ce donc que le bonheur ? — Je ne pourrais vous le dire, quoique je vous aie embrassée ! » répliqua-t-il par simple politesse.

Ce fut moi qui le ramenai triomphante au château, et depuis ce moment-là Mathilde a changé de rôle avec moi : elle cherche Ludovic autant que je le fuis. Ce n'est pas caprice ni coquetterie de ma part, j'éprouve une véritable amitié pour mon cousin, et ne souhaite qu'une occasion de la lui témoigner ; mais, à présent qu'il possède des richesses considérables, je ne veux pas qu'il suppose quelque motif d'ambition, quelque instinct de cupidité, quelque calcul indigne de moi, dans un attachement qui afficherait trop de prévenances ; car Ludovic est encore à marier, et, si je ne me trompe aux apparences, il ne se mariera pas. « Eh bien ! mesdemoiselles, nous a dit mon père, lorsque Mathilde et moi entrâmes ce matin dans sa chambre, voici un mari pour l'une de vous. — Je ne le crois ni ne l'espère, répondis-je avec conviction ; avez-vous un revenu de vingt mille florins à nous donner en dot ? — Vingt mille florins ! reprit Mathilde, en éclatant de rire, comme tu eusses fait peut-être à sa place ; l'argent n'épouse pas toujours l'argent. — Plaise à Dieu que Ludovic soit aussi riche qu'il le dit ! s'écria mon père, qui hocha la tête de cet air incrédule que tu lui connais : je serais fort en peine de deviner dans quel but il vient se fixer pour plusieurs mois au château, si ce n'est afin d'y chercher une femme. — Je te le laisse, Mathilde, dis-je de bonne foi. — C'est à lui de choisir, répondit-elle avec un désintéressement dont je lui sus gré. » Jusqu'à présent il a choisi Mathilde pour les promenades qu'il fait dans le parc avec elle : hier soir, à la tombée de la nuit, ils se promenaient encore ensemble !

« C'est heureux qu'il n'aime pas la chasse, quoiqu'il ait deux superbes levriers qui me connaissent et qui me tiennent compagnie pendant des heures entières. Mathilde, qui se pique d'être une espèce de Diane chasseresse, avait préparé pour lui une grande partie de chasse à l'oiseau ; elle était déjà en selle avec son habit d'amazone, qui lui va vraiment à merveille : toute la fauconnerie de mon père avait été mise sur pied ; les piqueurs sonnaient des fanfares, quand mon cousin Ludovic s'est fait excuser en disant qu'il avait des lettres urgentes à terminer. Il est resté la moitié de la journée enfermé dans sa chambre : il aura pu écrire des volumes ! A qui donc écrit-il ainsi ?

« Je te prie de t'informer, à Vienne, de la succession que le comte de Nerbald a laissée en mourant, et de me faire savoir promptement si Ludovic a réellement la fortune qu'on lui suppose. Il me demandait : « Qu'est-ce que le bonheur ? » Moi, je lui demanderai : « Qu'est-ce que la fortune !

« Fanny. »

Sur les bords du Danube, 24 mai.

« Il se passe quelque chose d'extraordinaire que je ne comprends pas, dans l'âme de Ludovic : je n'ose pas chercher dans la mienne ce que ce peut être, de peur d'y voir se réfléter, comme en un miroir, des idées que je désire effacer, des espérances que je combats, des incertitudes qui renaissent sans cesse, en un mot, l'amour qui se cache encore sous l'amitié... Mais, non, jem'abuse, je ne l'aime pas... Je ne dois pas l'aimer, puisque Mathilde l'aime. Des obstacles s'élèvent si nombreux entre nous, et si insurmontables, que la volonté elle-même recule pour les franchir. Ce n'est pas que je me tourmente beaucoup des calomnies que tu m'as répétées au sujet de mon cousin : je n'y ai guère songé, depuis ta dernière lettre que j'avais prise fort à cœur, et je n'y songerai plus. Eh bien ! tu ne croiras pas que je voudrais que tout cela fût vrai, que Ludovic fût un joueur, un débauché, un homme de mauvaise vie, sans foi et sans honneur ? Voilà de mes bizarreries, diras-tu en riant. Oui, mon amie, si Ludovic avait tous les vices dont tu le gratifiais si généreusement d'après l'autorité de quelques méchants envieux, je serais heureuse et fière de le régénérer, de lui faire subir une métamorphose morale, de le ramener par la force de ma tendresse à l'estime de soi et des autres, de lui inspirer l'émulation du bien, le sentiment de l'honneur et la haine du mal. Oh ! ce serait là une douce et touchante occupation : elle me payerait d'ailleurs de toutes mes peines par un succès dont l'amour se ferait garant ; quand j'aurais réussi à rendre à la société un homme vraiment digne d'elle et de moi, quand j'aurais arraché à la tempête des passions un noble cœur qui se laissait emporter par elles sans résistance, je le regarderais avec ivresse comme un pauvre naufragé qui, devant la vie à mes secours, me la consacrerait en esclave et la mêlerait avec la mienne... Mais où vais-je égarer mon imagination ? Pourquoi ces rêves d'une félicité qui n'est pas faite pour moi ?...

Ludovic semble toujours préoccupé de quelque mystérieuse affaire qui l'entraîne en pensée bien loin de Luisdalw ; il reste enfermé pendant des heures. J'ai remarqué qu'il veillait fort tard, et même, une nuit où je m'étais mise à la fenêtre pour donner un peu de rafraîchissement à mes brûlantes insomnies, j'aperçus encore de la lumière dans sa chambre. Est-ce que son sommeil n'est pas meilleur que le mien ? S'il composait des vers ou des romans, je ne m'étonnerais pas de ces veilles solitaires ; je les concevrais encore, s'il avait le goût de la lecture porté au plus haut degré ; mais il ne lit pas, ou du moins il ne lit qu'une lettre qui lui arrive tous les jours, et il la lit avec un intérêt, un empressement, une attention, qui piquent ma curiosité et m'attristent à la fois. Certainement, il emploie ses soirées et souvent ses nuits à répondre à ces lettres quotidiennes qui viennent de Bude, comme me l'a hier appris le timbre de la poste. Or, avec qui entretient-on une correspondance aussi assidue, sinon avec son amie ou sa femme ? Mon cousin n'est pas marié ; il a donc une amie, qu'il ne peut oublier, même à Luisdalw, et avec laquelle il trompe l'absence par un échange continuel de lettres tendres, expansives... Cependant (et je ne cherche pas une illusion qui me ferme les yeux sur une triste réalité) s'il l'aimait, cette femme, si cette femme existait,

12

daus quel but l'aurait-il quittée? Pourquoi demeurerait-il séparé d'elle? Pourquoi est-il venu chez mon père? Pourquoi y reste-t-il?

« FANNY . »

2 juin.

« Oui, c'est bien moi qu'il aime, Helmine! Je ne m'abusais pas, quand j'avais cru lire dans ses yeux et découvrir dans son silence même l'aveu que j'ai entendu enfin de sa bouche. Je suis encore tout étourdie de mon bonheur, et je m'empresse de te l'apprendre pour me persuader que ce n'est point un rêvé. Depuis deux jours, Ludovic n'avait pas reçu de lettre, et son anxiété croissait d'heure en heure; je m'en apercevais bien à son trouble, révélé par des gestes d'impatience et des exclamations de surprise. Il envoya dix fois son domestique au village pour s'informer si la poste n'avait pas manqué. Mathilde voulut, comme à l'ordinaire, l'enchaîner à la promenade; mais, pour s'en exempter, le matin, il prétexta la chaleur, et, le soir, la fraîcheur. A déjeuner, à dîner, il parlait peu, il répondait à tout distraitement, il ne regardait personne, il ne mangeait pas. « Cousin! lui dis-je doucement, attristée de sa tristesse avant d'en connaître la cause; ce n'est pas la première fois qu'une lettre se soit égarée à la poste. — Égarée! reprit-il avec émotion, ce serait une perte irréparable! — Vraiment? repris-je; la dame qui vous l'a écrite en a peut-être gardé la copie. — Pensez-vous que je joue aux dames? répliqua-t-il en souriant, malgré l'inquiétude qu'il ressentait. Ce retard annonce une bonne ou mauvaise nouvelle : la lettre est perdue, et c'est partie nulle, ou bien la partie est gagnée, et on hésite à s'avouer vaincu. — Oh! si ce n'est pas une femme, je ne me soucie guère de savoir qui vous écrit! dis-je, sans trop cacher mon contentement; je ne cherche pas à pénétrer le secret de vos affaires... — Cependant, si je les confiais à quelqu'un au monde, ce serait à vous, ma jolie Fanny, car je vous crois indulgente et discrète... Voici l'instant où se décide mon sort, et j'ai tout lieu d'espérer que je réussirai. — Certes, vous réussirez, pourvu que la chose dépende de moi! — Hélas! je voudrais que cela fût, car je sèche dans l'attente, et je préférerais une prompte solution défavorable à une plus avantageuse et plus lente; ma vie entière est attachée à ce coup. — Alors je prévois que les chances vous seront propices, et je m'en fais caution. » Dans ce moment-là, on lui apporta la lettre qu'il attendait; il se jeta dessus avec vivacité, la déchira en deux pour l'ouvrir plus vite, et je le vis, les yeux fixes et largement ouverts, la respiration suspendue, dévorer le contenu de cette lettre, qui cette fois ne renfermait que trois lignes : un éclair de joie illumina son visage et passa dans ses yeux ; puis, son front se rembrunit, et il y porta la main comme pour réfléchir profondément : « Demain, dit-il, je connaîtrai donc mon sort! — Demain? répondis-je, pensant bien que cette phrase incidente avait pour moi toute la force d'une interrogation : pourquoi pas aujourd'hui? — Non, c'est impossible, reprit-il; je ne puis que former des conjectures qui me semblent, il est vrai, presque infaillibles; mais je n'ose encore me vanter de ce beau triomphe, ma chère et

charmante Fanny. — Je m'en vante pour vous, répliquai-je, voyant de quel triomphe il
voulait parler et n'ayant pas le courage de le laisser plus longtemps dans l'incertitude ; oui,
cher Ludovic, vous mériteriez une victoire plus digne de vous, et je m'étonne que vous ayez
quitté la cour, où vous seriez si bien apprécié, pour venir vour enterrer dans un château
isolé, comme un fermier ou un philosophe? Vous saviez donc que cette solitude cachait tout
votre avenir? Car le bonheur n'est pas dans le tourbillon des fêtes et des plaisirs du monde ;
le bonheur, mon ami, est une de ces plantes vivaces qui poussent dans la fente du rocher
le plus sauvage : il ne lui faut qu'un peu d'eau et de soleil dans le lieu où elle est née, et
la tempête, qui brise des chênes en éclats, gronde autour d'elle sans l'atteindre... — Ah !
Fanny, interrompit-il, voilà comme j'ai toujours pensé, et si je suis assez heureux pour
gagner la partie, je vous prierai de me servir de guide pour cueillir cette plante que vous
feriez naître partout où bon vous semblerait. Le bonheur, je le soupçonne, n'existe pas ailleurs qu'au foyer domestique, et je plains ceux qui sont destinés à ne s'y asseoir jamais ! »
En parlant ainsi d'un air plus préoccupé que distrait, il semblait éviter de tourner les yeux
de mon côté. Tout à coup il se leva brusquement et courut à la fenêtre : il resta droit et
immobile, comme attentif au spectacle qui le tenait attaché. Je fus curieuse, je l'avoue, de
savoir ce qui fixait son attention ; je m'approchai doucement et je cherchai à découvrir ce
qu'il regardait avec intérêt. C'était... Tu ne le devinerais jamais, c'était le plus touchant
tableau de la maternité : une jeune paysanne assise, un bel enfant sur les genoux, lui souriant et l'excitant par des caresses à reconnaître sa mère... « Voilà, dis-je à Ludovic, l'image
du vrai bonheur ! — Ah ! pardonnez-moi ! reprit-il en soupirant, j'avais oublié que vous
étiez là ! » Il prononça ces mots avec une douce mélancolie qui me permit de juger combien
sa sensibilité avait d'analogie avec la mienne, et je remarquai, entre autres signes de bon
augure, que ses paupières étaient mouillées de larmes. L'arrivée inopportune de Mathilde mit
un terme à cet entretien, où pour la première fois Ludovic m'avait déclaré son amour, non
pas ouvertement, mais à mots couverts, dont la portée n'en avait été que plus décisive dans
mon âme. Mathilde était grave et rêveuse, elle qui rit toujours ; elle me regarda d'un air
froid et scrutateur, qui m'affligea, en me donnant beaucoup à penser, et elle emmena de force
Ludovic, qui retombait dans ses rêveries à mesure qu'il s'éloignait de moi. En vérité, je
n'ai pas éprouvé la moindre souffrance de jalousie pendant son tête-à-tête avec Mathilde,
parce que désormais je compte sur lui comme il peut compter sur moi, à la vie, à la mort.
Il y a déjà tant d'intelligence entre nos deux cœurs, qu'absents ils se parlent et se répondent !
Tu vois bien que j'avais deviné juste : cette correspondance, qui m'intriguait fort mal à propos, ne concerne que ses affaires et sans doute les indispensables préliminaires d'un mariage.
Je présume que maintenant les événements vont se suivre de près : la demande qu'il fera de
ma main, le consentement de mon père, le mien qui a devancé tout le reste, et enfin la
noce où tu me promets de venir, n'est-ce pas, pour réparer ton injustice à l'égard de mon
cher mari.   « FANNY. »

3 juin.

« Hier j'étais dans la joie, aujourd'hui me voilà dans la peine ! Qui m'eût dit, mon Helmine, que quelques heures changeraient ainsi toute ma destinée ? Et pourtant ce n'est pas lui
que j'accuse, car il ne sait pas, il ne saura jamais les tortures qui ont brisé mon âme ! Il
m'aime, lui, je ne puis en douter, et je n'aurais pas la force de souhaiter qu'il ne m'aimât
pas, en présence de l'affreux sacrifice qu'on exige de moi et que je n'ose refuser. Je n'avais
pas quitté Ludovic depuis une heure, que Mathilde revint seule : ses yeux étaient rouges ; elle
avait pleuré, elle pleurait encore. Tu sais comme l'amour satisfait est égoïste. Je feignais de
ne pas la voir et voulus me retirer pour continuer la délicieuse rêverie que je me faisais avec la
pensée et l'image de mon cousin ; mais elle ne me donna pas le temps de fuir ; elle doubla le
pas, me rejoignit, et, me conduisant au fond du labyrinthe de verdure, sans m'adresser une
parole, elle me poussa sur un banc de gazon où elle se laissa tomber dans mes bras. Nous restâmes longtemps embrassées en mêlant nos pleurs ; je ne pleurais que de la voir pleurer et
asusi d'un funeste pressentiment qui me disait que mon bonheur allait être troublé ! « Fanny,
me dit-elle en me regardant d'un air de reproche et de prière, te rappelles-tu de ta promesse ?
— Laquelle ? répondis-je en tremblant de l'entendre répéter. — Tu m'as juré que tu mourrais
plutôt que d'être un obstacle à mon bonheur ; c'est donc à moi de mourir, puisque je suis
un obstacle au tien. — Je ne te comprends pas, Mathilde, dis-je en lui prenant la main que
je pressai dans les miennes. — Quoi ! n'as-tu pas vu que j'aime Ludovic ? Ne te l'ai-je pas
dit avec trop de confiance, et n'est-ce pas toi qui viens de me l'enlever ? Ah ! tu comprends
enfin ! — Non, Mathilde, répliquai-je en m'efforçant d'être calme et d'éteindre la rougeur de
mes joues ; non, je n'ai pas enlevé un cœur qui t'appartenait ; j'atteste le ciel et notre amitié
de sœur, que je n'ai pas fait la plus légère, la plus innocente tentative pour m'emparer d'un
sentiment que j'eusse désiré diriger vers toi et que je ne crois point avoir attiré de mon
côté par cette tactique de coquetterie dont j'ignore l'usage : ainsi donc, mon amie, tu m'ac-
cuses sans fondement. — Pourtant il t'aime ! s'écria-t-elle avec amertume. — Il te l'a dit ?
repris-je, sans pouvoir modérer cet élan de cœur. — Il me l'a fait assez entendre, repartit-
elle en sanglotant, et chacune de ses paroles était un fer brûlant qu'il retournait dans la
blessure ; c'est toi qu'il aime, je le sais, je le vois ! — Je ne m'en étais point aperçue, dis-je en
dissimulant pour ne pas la désespérer davantage, et je suppose même que tu te trompes..... Je
voudrais que tu te trompasses ! — Et si je ne me trompais pas ? — Pourquoi cette question ?
— S'il était vrai que tu fusses aimée ?... Réponds à ma place. — Adieu, Mathilde. — Où
vas-tu, Fanny ? Quelque idée insensée ?... Je ne te quitte pas. — Qu'importe ! Tu as pro-
noncé mon arrêt. — Quel arrêt ? — Quel arrêt ? Il t'aime ! »

Mathilde était prédominée par une résolution fatale ; je la retins dans mes embrasse-
ments, je l'entourai de mes conseils d'amie, je tâchai de lui persuader que Ludovic ne
m'aimait pas et ne songeait nullement à m'épouser : elle n'ajouta pas foi entière à mes consolations, mais elle les écoutait pour essayer de combattre son amour qui luttait avec mes

raisonnements. J'imaginai de lui représenter Ludovic tel que tu me l'avais dépeint, sous les couleurs du vice et de la débauche : « Mensonge abominable ! s'écria-t-elle avec indignation; Ludovic n'a qu'à se montrer pour détruire ces calomnies ! Ludovic, le plus noble des hommes, est incapable d'une action malhonnête ! Qui a osé, Fanny, l'attaquer ainsi devant toi ? D'où vient que tu ne l'as pas défendu ? — Tu consentirais donc à lui donner ta main ? — Quelle cruelle dérision !... Mais je te rends ta promesse, Fanny; je ne veux pas que tu meures pour moi ! Ce serment, je ne te le demandais pas, pourquoi me l'as-tu fait ? Pourquoi m'as-tu donné par là une assurance funeste? J'avais en toi une rivale et ne le soupçonnais point! — Ce serment, repris-je avec un véritable embarras..... Je ne crois pas d'abord m'être engagée par serment; d'ailleurs, suis-je responsable des sentiments que j'ai pu inspirer sans les payer de retour? — Tu cherches encore à m'abuser, sœur, en jurant que tu ne l'aimes pas. Va! tu peux l'avouer, à présent que j'en suis certaine; mais je ne te pardonne pas de te jouer ainsi d'un serment: je suis bien folle, bien éventée, comme tu l'as dit souvent, néanmoins je ne transigerais point avec une promesse sacrée, et dussé-je lui faire le sacrifice de ma vie, je le ferais sans regret, pour dégager ma parole. — Est-ce un exemple que tu m'enseignes, Mathilde? repris-je en versant d'abondantes larmes; songe que je suis femme à en profiter, et alors quels remords pour toi ! — O ma pauvre Mathilde, s'il ne fallait que mon sang pour te rendre telle que tu étais il y a deux mois, gaie, rieuse et contente de ton sort, je n'eusse pas attendu jusque-là pour l'épuiser goutte à goutte; mais si tu n'es pas aimée, tout mon sang ne fera pas que tu le sois davantage ! — Hélas ! dit-elle à travers ses gémissements. — Ma bonne sœur, ajoutai-je, n'est-il qu'un mari dans le monde? n'est-il qu'un amour? Ensuite, qui t'a induite à croire que Ludovic veut aimer, veut prendre pour femme l'une de nous? — Puisqu'il t'aime, puisqu'il a peut-être déjà demandé ta main à notre père? — Quoi! déjà! Eh bien, refuse ou accepte pour moi; je te laisse libre de répondre en mon nom. — Tu ne doutes pas de ma réponse : autrement, m'en ferais-tu l'arbitre? Sois heureuse, et moi... — Ingrate, tu le serais, si tous mes sacrifices pouvaient atteindre à ce but ! Tu me juges mal, pauvre Mathilde : mon amitié pour toi existait avant l'amour que je ne suis pas encore sûre d'avoir laissé enraciner dans mon cœur, et aussi cette amitié doit lui survivre. Mais essuie tes larmes, mais chasse tes sinistres projets, mais souris à une espérance.. — Tes efforts ne seraient pas plus efficaces que les miens : je me fusse traînée à ses pieds, j'aurais baisé ses genoux, la trace de ses pas, j'aurais supplié de manière à émouvoir la pitié de l'être le plus inflexible; cette pitié ne serait pas devenue de l'amour. Faut-il le répéter, en maudissant la vie : C'est toi qu'il aime! C'est lui que j'aimais! »

Mathilde s'abandonna au plus lugubre découragement. Une fièvre ardente la consumait; elle ne voulut prendre aucune nourriture, elle ne voulut voir personne, excepté moi; elle se coucha et je passai la nuit auprès d'elle. Cette nuit a été horrible, et j'ignore quelles en seront les suites : Mathilde a cessé de m'adresser des reproches, elle m'a, au contraire, priée d'oublier ceux qu'elle m'avait adressés; elle était calme, résignée, accablée; elle m'a fait promettre de ne jamais révéler ce qui s'est passé entre nous à mon père, et surtout à Ludovic.

Si je ne crois pas devoir te cacher un incident dont je frémis d'entrevoir l'issue, c'est que je t'avais choisie pour confidente dès l'origine d'un amour que j'ai tenté de déguiser sous les apparences de l'amitié, jusqu'à ce qu'en grandissant il eût déchiré cet étroit déguisement : oui, Helmine, c'est de l'amour que rien ne peut arrêter dans ses progrès, un amour qui se nourrissait d'espoir et qui maintenant s'augmente de la certitude d'un amour réciproque. Cependant j'ai fait à Mathilde un serment que je désavoue, un serment impraticable, absurde, et Mathilde est mourante, ô mon Dieu!... Si je pouvais l'aimer moins, ou ne plus l'aimer!... Mathilde, pour qui la vie était si douce, si pleine de joie et de plaisir! Mathilde, qui n'avait pas répandu une larme, et qui se réjouissait de ce que je nommais son insouciance! Ne suis-je pas bien coupable d'avoir prêté l'oreille aux aveux de mon cousin? J'aurais dû l'éviter, le fuir! Mais si je cherche dans l'absence un remède aux maux que sa présence a faits, que pensera-t-il de moi? Il m'appellera infidèle, parjure, il m'accusera, il me détestera! Encore, si par là je le ramenais aux pieds de ma sœur, si, pour la faire aimer, je me faisais haïr! Cette idée est affreuse, et j'hésite à changer en haine un amour que je préfère à tout. D'ailleurs, y réussirai-je? Ah!... Helmine, que tes avis me feraient de bien! que ta voix douce et persuasive aurait d'empire sur Mathilde qui se tait, mais qui tout bas invoque la mort plutôt que la raison! A Dieu plaise que je n'aie pas bientôt de plus tristes nouvelles à t'envoyer! à Dieu plaise que ce soit moi qui te les envoie! Je suis bien malheureuse d'aimer, d'être aimée, et de renoncer à tout cela. »   FANNY.

3 juin.

« Que les femmes sont crédules, combien elles s'abusent elles-mêmes et que leur erreur est difficile à détruire! Tu ne te doutais pas, en lisant ma dernière lettre écrite avec un découragement aveugle et incertain, que ta pauvre Fanny voulait mourir? Eh! pourquoi, grand Dieu, serais-je morte? pour une illusion insaisissable, dont je sonde maintenant tout le vide, presque avec indifférence; car je ne l'aime plus, *lui* que j'ai eu l'imprudence d'aimer, et c'est en me sauvant la vie, le cruel! qu'il m'a appris à quel point j'étais insensée de me faire victime de l'amour, sans être aimée. Remercie-le cependant de t'avoir conservé ton amie; pour moi, si je lui pardonne, je ne me pardonne pas.

Figure-toi, chère Helmine, que, dans le moment où je cachetais la dernière lettre qui t'était adressée, j'entendis, dans la cour du château, les pas d'un cheval. Il était six heures du matin et je croyais tout le monde endormi à Luisdalw. Je m'élançai à la fenêtre, et aperçus Ludovic en selle; je n'eus pas le temps de l'appeler ni de me faire voir aux vitres, car il piqua des deux et disparut dans la campagne. Mathilde paraissait assoupie et ne s'éveilla point au

mouvement que je fis dans sa chambre : j'écoutai le bruit de sa respiration qui ne fut pas
interrompue, et je sortis sur la pointe du pied, pour interroger le domestique de mon cousin.
Celui-ci n'avait pas dit où il allait, et seulement il avait ordonné la veille de tenir son cheval
prêt pour cinq heures du matin. Ce mystérieux départ ressemblait à une fuite ; et je pensai
d'abord que, chagrin de l'explication qu'il avait eue avec Mathilde, il s'était décidé à quitter
le château de mon père, sans avertir personne, afin d'échapper aux efforts qu'on eût tentés
pour l'y retenir ; mais, venant à rapprocher de cette sortie clandestine les lettres que Ludovic
avait coutume de recevoir tous les jours, et m'attachant de préférence à expliquer les singu-
larités de sa conduite avec ma sœur et moi, par une intrigue amoureuse que cette correspondance secrète m'avait déjà fait soupçonner, je m'imaginai, je me persuadai que la lettre du
jour précédent, laquelle avait été plus tardive et aussi plus attendue que les autres, contenait
la promesse d'un rendez-vous où Ludovic n'avait garde de manquer. Là-dessus, ma tête se
monta ; je ne sais quelles folies y portèrent le désordre et une véritable fureur jalouse ; sans
savoir de quel côté je tournerais mes pas et mon espionnage, je me mis à courir hors du
château. J'oubliais ma sœur malade, qui pouvait, rouvrant les yeux et ne me trouvant plus à
son chevet, en venir à de déplorables extrémités : je ne songeais pas même aux intérêts de
ma réputation que je livrais à la merci du premier individu qui me reconnaîtrait seule, à
cette heure, loin de la maison paternelle, et dans une simple toilette de nuit que tu devineras
aisément. C'était un accès de fièvre et de déraison. Je marchai longtemps, en côtoyant les
bords du fleuve et sans rejoindre mon cousin, quoique je distinguasse çà et là sur la route
les fers de son cheval qu'il avait mis au galop, en sortant de Luisdalw. Je sentis la fatigue
morale avant la fatigue physique, et je m'arrêtai pour reprendre haleine à l'endroit même où
m'avait rencontrée Ludovic en arrivant au château. J'éprouvai un plaisir mélancolique à m'asseoir sur la même pierre où j'étais assise quand j'avais vu venir à moi un beau jeune homme
avec lequel j'ignorais mes rapports de parenté ; ce fut encore lui qui occupa mes réflexions,
mes projets et mes lointaines espérances ; car je serais morte de douleur si j'avais cessé
d'espérer. Néanmoins, le souvenir de ma sœur se mêla comme un poison à ces rêves de bonheur, et le fatal serment qui avait servi de base à la confiance de Mathilde me poursuivait
de remords déchirants ; je finis par m'accuser d'avoir causé le malheur de cette trop crédule
enfant, qui avait commencé le voyage de la vie, en souriant aux fleurs et aux papillons du
chemin, sans découvrir un serpent caché dans l'herbe, sans prévoir un nuage noir à l'horizon.

Cette idée redoubla ma tristesse, aigrit mes larmes et jeta un voile de deuil sur mon avenir ;
je m'exagérai ma faute, je me fis un crime de mes plus innocentes coquetteries : ici j'avais
excité l'amour de Ludovic par un sourire, là par un regard, ailleurs par un entretien dont
les moindres paroles vibraient dans ma mémoire ; je me regardais presque comme un
monstre ; et, quand je cherchai une réparation à mon imprudence, quand je m'interrogeai
pour savoir si je devais à Mathilde le sacrifice d'un sentiment qui était devenu le besoin de
ma vie, quand j'essayai si je pouvais vivre désormais sans ce bien que je préférais à tous

les autres, ce fut mon arrêt de mort que je prononçai!... Je m'étais levée machinalement et je m'approchais de la rive, les yeux fixés sur la surface mouvante des ondes : une force irrésistible me poussait en avant, et, par une terrible fascination, ma volonté plongeait dans ce fleuve profond et impétueux, dont les flots semblaient murmurer mon nom et me préparer un tombeau éternellement agité comme l'était mon cœur. Oui, je compris alors l'attraction involontaire qui avait entraîné Sapho dans le gouffre de Leucade : je m'abandonnais avec délices à cette agonie, et je savourais les charmes d'une mort entourée du prestige de la solitude. Enfin, je demeurai longtemps enivrée de la senteur des eaux, avant de m'y précipiter, et ce ne fut qu'après ma chute, que je dis adieu à mon père, à ma sœur, à Ludovic, à toi aussi, bonne Helmine, à cette belle nature qui m'avait en vain conseillé de vivre.... J'eus alors un amer regret, un éclair de désespoir; puis, je n'entendis plus que le fracas du fleuve qui m'emportait loin du rivage, et je perdis connaissance. Lorsque je la repris, j'étais étendue sur le sable, et Ludovic, à genoux devant moi, me donnait des soins qu'il avait crus inutiles, tant cet évanouissement fut long et accompagné de sinistres symptômes, car mon cœur ne battait plus. Oh ! ce spectacle me ranima mieux que tous les secours, dès que j'eus reconnu Ludovic penché sur moi pour écouter bruire mon haleine !... Mais tout à coup il se releva, au bruit d'un corps tombant dans le fleuve à si peu de distance de nous, que l'eau rejaillit sur mon visage; un bruit semblable se fit entendre une seconde fois avec un grand cri, et quoique je n'eusse pas la force de me mettre sur mon séant, je parvins à remuer ma tête de manière que je portai les yeux sur le cours du Danube : je vis une femme sans mouvement, que le fleuve entraînait avec rapidité, et qui eût déjà disparu si sa robe de soie ne l'eût soutenue à fleur d'eau; je vis aussi un homme, c'était Ludovic, qui luttait à la nage contre un tourbillon où il s'était engagé, et qui s'efforçait d'atteindre la malheureuse victime. A l'aspect du danger que courait Ludovic, je n'eus plus d'autre idée, je ne vis plus que lui, je le vis perdu, noyé, et je jetai des cris d'effroi, et je voulus me traîner vers lui; mais, après un vain effort, je retombai évanouie.

« Ce ne fut que le soir, au sortir de ce long évanouissement qui semblait devoir être éternel, que j'appris de la bouche même de mon père, assis auprès de mon lit, ce qui s'était passé le matin.

— Ludovic, qui était allé jusqu'aux environs de Lintz pour guetter au passage le courrier de la poste, revenait au galop par le chemin qui longe le Danube, lorsqu'il aperçut une femme qui se jetait dans le fleuve : courir, s'élancer à la nage, ramener cette femme sur le rivage ne fut que l'affaire d'un moment pour lui. Quelle fut sa surprise et sa joie de voir que c'était moi qu'il avait sauvée ! Mais, pendant qu'il me prodiguait les soins nécessaires pour me rendre à la vie, Mathilde, dont la jalousie s'était exaltée pendant mon absence et celle de Ludovic, avait repris assez de force pour quitter son lit et sa chambre, pour parcourir le parc et les environs du château, jusqu'à ce que de loin elle crût reconnaître Ludovic agenouillé devant moi : elle s'approcha, en se glissant d'arbre en arbre, et lorsqu'elle ne put plus douter du malheur qu'elle appréhendait, par une détermination subite, elle chercha la même mort, que je n'avais pas trouvée, grâce à mon cousin, et se précipita, en maudissant mon parjure, à l'endroit où j'étais tombée une demi-heure auparavant. Ludovic s'était dévoué encore une fois pour l'arracher au courant qui allait l'engloutir, et lui-même avait failli périr en la retirant des eaux.

Mathilde vint, en pleurant, m'embrasser, et nous restâmes ainsi dans les bras l'une de l'autre, suffoquées de sanglots et inondées de larmes; enfin, quand Mathilde me montra sa figure pâle, ses yeux rouges et le sourire indécis errant sur ses lèvres, je soupçonnai que, pendant mon sommeil léthargique, un éclaircissement avait eu lieu entre elle et Ludovic; mais, à son air étrange mêlé de tristesse et d'ironie, je me demandais si je devais me réjouir ou m'affliger; je m'étonnais surtout que mon sauveur se dérobât à ma reconnaissance. « Où est-il? dis-je à Mathilde, qui soupira et sourit à la fois. — Il est parti, répondit-elle. — Parti! repris-je, toute scandalisée. Mais il va revenir, dès qu'il saura que je vis encore? — Non, ma sœur, répliqua-t-elle : il est retourné en Hongrie. — En Hongrie! m'écriai-je avec incrédulité. Ludovic est en Hongrie! — Tu comprends qu'il ne pouvait faire autrement, dit-elle en me prenant la main : nous l'aimions toutes deux, et, lui, ne nous aimait pas, sinon d'amitié! — Il ne nous aimait pas! répétai-je : ce n'est pas de sa bouche que tu tiens ce cruel arrêt? — C'est lui-même qui me l'a dit, avant son départ, en présence de mon père, repartit Mathilde. Quand nous fûmes transportées à Luisdalw, je revins à moi, et, le voyant seul à côté de mon lit, je lui racontai tristement la tendresse rivale que nous avions pour lui, comment cet amour devait être funeste à l'une de nous, et la persuasion que j'avais acquise le matin même de l'intelligence qui régnait entre vous deux. Il parut chagrin et fort étonné; il m'avoua que non-seulement il n'avait jamais songé à l'amour, mais encore moins au mariage; que sa vie était arrangée de telle sorte, qu'il n'y restait plus de place pour une affection exclusive et tyrannique. Je demeurai stupéfaite à mon tour, et lui demandai vivement, pour l'empêcher de s'affermir dans ce subterfuge : « Mais, mon cousin, ces lettres que vous recevez chaque jour? Celle que, dans votre impa- « tience, vous êtes allé attendre sur la route de Lintz? » Il me répondit avec un flegme capa- « ble de redonner de la raison à la folie : « Ces lettres sont du vieux baron Bilderberg, avec « lequel j'ai joué et perdu aux échecs toute la succession de mon oncle, le feu baron de « Nerbald, et au delà, puisque je me suis caché dans ce château pour échapper à mes créan- « ciers; mais je continuais toutefois la partie par correspondance : la lettre que j'ai reçue « aujourd'hui m'annonce que le baron s'avoue battu et me donne quittance d'un échec et « mat qui me réintègre dans une partie de mes biens. » — Oh! le monstre! m'écriai-je ; il n'aime que les échecs! — Tu conçois facilement, reprit Mathilde, que ce langage inattendu me fit rougir de ma sotte passion, et je fus saisie d'un rire nerveux qui déconcerta mon pauvre cousin. « O mon Dieu! répétait-il, je me garderai bien de prendre « jamais de l'amour, et, si j'en donne malgré moi, je suis tout à fait innocent de ce méfait.

« Qu'est-ce que l'amour et ses plus douces jouissances, auprès du jeu d'échecs et de ses admi-
« rables combinaisons! Je préfère un échec et mat à toutes les plus glorieuses victoires
« remportées sur un cœur de jeune fille. Croyez-moi, Mathilde, pour vous aguerrir
« contre un sentiment que je ne partagerai jamais, étudiez le *Traité des échecs*, par Philidor,
« et exercez-vous à ce jeu sublime avec votre sœur. » Je ne répoudis que par des éclats de
rire qui le suivirent de loin, après nos adieux moins tendres que plaisants; car je me ven-
geai par des railleries, souvent mordantes, de tout ce que j'avais souffert, et j'oubliai qu'il
avait sauvé ma vie au risque de la sienne, en pensant que j'avais failli mourir pour cet
ingrat. Dès ce moment, j'ai cessé d'aimer ce fougueux joueur d'échecs. — Et moi, je l'aime
encore! repartis-je en gémissant. » Cependant, j'ai eu le temps de réfléchir depuis, et de
m'habituer à l'indifférence de Ludovic, ainsi qu'à son absence. Quelquefois, j'essaye à me
persuader qu'il reviendra avec un amour que deux mois de séjour à Luisdalw n'avaient pas
suffisamment mûri, et j'espère encore que mes griefs contre son insensibilité s'effaceront tôt
ou tard dans une bonne et solide affection conjugale; mais ces vaines imaginations ne
durent qu'un instant, et je me retrouve isolée dans une aride réalité, sans une espérance qui
rafraîchisse mes lèvres consumées, sans un nuage de bonheur qui s'étende à l'horizon; partout le désert et la solitude, sur ma tête un soleil de plomb, sous mes pieds un sable brûlant, et pas une goutte d'eau pour étancher le feu qui me consume... Ah! chère Helmine,
quelle destinée que la mienne! Aimer pour la première fois un joueur d'échecs!... Mathilde a
déjà repris et sa gaicté et les couleurs de son teint; quant à moi, je pleure le jour, la nuit je
pleure; je rencontre sans cesse autour de moi l'empreinte de Ludovic, et je me nourris de
douloureux souvenirs. Hélas! pourquoi ne m'a-t-il pas [aimée? Pourquoi m'a-t-il em-
pêchée de périr dans le Danube?...

A propos, je te dirai en confidence que mon père avait arrangé depuis longtemps mon
mariage avec Charles de Nodevig, un des plus aimables cavaliers de Vienne, dit-on; mon
père ira demain régler les conditions du contrat, et j'épouserai ce jeune homme avant la fin
du mois : celui-ci, au moins, ne joue pas aux échecs !   « FANNY. »

         P. L. JACOB, bibliophile.

LA VIERGE D'ÉRINN

N soir, les lueurs rougeâtres d'un beau soleil d'été s'éteignaient rapidement dans la vallée de Luggelaw, en Irlande, partout ombragée d'épaisses forêts, et l'une des plus belles du comté de Wicklow. Un silence mystérieux et doux envahissait insensiblement les lacs, les rochers et les bois. Les vierges et les saints ermites du vallon chantaient leurs derniers cantiques, et le tintement mélodieux des cloches de la chapelle lançait dans l'air embaumé des harmonies touchantes. Une douce tristesse se répandait sur le flanc de la montagne, baignée par le lac, dont la surface tranquille était à demi couverte d'ombres et de lumières.

Sur ses bords solitaires, Kevin, assis sur un chêne renversé, sentait son cœur battre en écoutant les tendres aveux de Kathleen, une des vierges d'Érinn.

Un jour que Kevin, encore enfant, dormait sur un gazon en plein champ, des anges descendirent du ciel pour le baiser au front, tant il était beau. Plus tard, ses vertus, sa science et surtout sa prodigieuse éloquence entraînèrent après lui tous les cœurs et peuplèrent les solitudes de Wicklow d'ermites et de saintes femmes, qui se consacraient à Dieu par la prière, le chant des psaumes et les bonnes œuvres. La noble Kathleen vint l'entendre comme bien d'autres femmes; elle s'éprit des charmes et des qualités du jeune orateur; elle l'aima. Quand il prêchait quelque part, il la retrouvait toujours au premier rang des fidèles, épiant ses gestes, buvant ses paroles, s'enivrant du son de sa voix et dardant sur lui ses yeux du bleu le plus pur. Kevin, malgré sa ferveur, sentit à la fin qu'il aimait également Kathleen : il voulut la fuir. Il pleurait, il priait, il jeûnait, mais il voyait toujours, comme dans une vision, la vierge d'Érinn. Toujours Kathleen revenait à ses côtés.

— Oh! lui disait-elle sur les rives romantiques du lac de Luggelaw, pour toi, j'ai laissé mon berceau bien-aimé, les sentiers fleuris que je foulai pendant mon enfance, le manoir où je suis née, où j'ai vécu dans la splendeur : parents, amis, honneurs, pour toi, j'ai tout quitté!

— Oh! va-t'en! interrompit saint Kevin, en la repoussant doucement avec la main. J'ai consacré toute mon existence à Dieu : je ne puis pas briser les serments que je lui fis. Je t'en prie, Kathleen, ne jette pas entre le ciel et moi ces yeux humides de tendresse!...

La jeune fille regarda le saint avec étonnement : sur ses joues coulaient de grosses larmes; son chaste regard brillait comme celui d'un enfant surpris par son premier chagrin.

L'air était froid; des vapeurs blanches s'élevaient sur le flanc des collines; des nuages noirs et menaçants planaient au-dessus de la vallée; les chemins escarpés, raboteux et peu sûrs, offraient tant de dangers au milieu de l'obscurité, que le saint ermite n'hésita point à permettre à la jeune fille de venir dans sa cellule coucher sur un lit de bruyère.

Dès que l'aube argenta les sommets du vallon, Kevin voulut, selon sa coutume, aller chanter l'office divin sur les bords du lac de Luggelaw, et, pour ne pas éveiller la pauvre endormie, il marchait sur la pointe des pieds. Avant de la quitter, il ne sut résister au plaisir de la regarder encore une fois. Elle dormait sur le seuil de la chaumière; ses cils étaient humides; de grosses perles liquides et tièdes glissaient par intervalles sur ses joues roses; ses lèvres, autrefois d'un vif incarnat, avaient alors la pâleur du marbre; sa poitrine se soulevait péniblement, comme oppressée par une douleur violente; son bras droit entourait le cou de Lupa, levrette favorite de Kevin et vieille amie de Kathleen. La tête de Lupa reposait sur le sein de la jeune fille. En voyant son maître prêt à partir, la levrette se leva pour le suivre et laissa tomber mollement sur la bruyère le bras de la belle enfant.

A l'aspect de ce tableau gracieux et triste, l'ermite devint pensif; les scènes pures et calmes d'une existence à deux se présentèrent à son esprit; il comprit les charmes que l'homme doit éprouver, lorsqu'il s'appuie sur une âme adorée en épanchant ses sensations les plus vagues et les plus intimes dans le cœur de celle qu'il aime.

La cloche tintait toujours à la chapelle de Luggelaw. Kevin entendit alors au dedans de lui comme une voix qui lui disait : « Pars, fuis! » Le pauvre anachorète obéit aussitôt à cette voix intérieure, et, léger comme le vent qui chante sur l'Océan et comme la prière qui s'exhale d'une âme aimante, il se sauva rapidement loin des lieux chéris qu'il avait parcourus depuis tant d'années en bénissant Dieu.

Avec le lever du soleil, le lac, les bois et les montagnes se remplirent de mille bruits charmants : l'alouette sonnait son gai réveille-matin; le chevreuil gambadait joyeusement dans les forêts. Peu à peu, la Nature dissipait le voile humide dans lequel elle s'enveloppe la nuit; elle laissait sur chaque feuille et sur chaque fleur quelques perles transparentes que la lumière faisait briller de mille feux. Du pied des collines s'élevait lentement dans les airs une longue écharpe vaporeuse, ondoyante, qui se métamorphosait ensuite en nuage d'or et de pourpre. La brise matinale ridait la surface du lac et balançait en chuchotant les branches des chênes plantés auprès de la cellule de Kevin.

Kathleen, en s'éveillant, passa ses mains sur son front et dans ses cheveux, pour en enlever les fleurs de bruyère qui s'y étaient mêlées pendant son sommeil. Tout en frottant ses yeux appesantis, elle cherchait à se rappeler les souvenirs de la veille : n'apercevant point celui qu'elle aimait, elle se sentit défaillir. L'amour l'emportant sur la douleur, elle courut chercher Kevin à la chapelle, sous les bosquets touffus et sur les rives isolées du lac.

Pendant deux jours et deux nuits, soutenue seulement par l'espérance et par ses sentiments, elle erra de montagne en montagne, de vallée en vallée, et parcourut les sites les
plus sauvages du comté de Wicklow. Une colombe l'accompagnait dans sa course incertaine,
voltigeant au-devant d'elle, d'arbre en arbre, de buisson en buisson, et dormant le soir sur
son cou. Enfin elle arriva sur les bords du lac de Glendalough, accablée de lassitude, les
pieds meurtris et sanglants. Kathleen se reposa sur une pierre couverte de mousse et san-
glotait tout bas, découragée de l'insuccès de ses recherches. Bientôt elle fut distraite de sa
douleur par les aboiements joyeux d'un chien qui vint lui lécher les mains. La jeune fille
reconnut la levrette de Kevin, et, pensant que son maître ne devait pas être bien loin, elle la
suivit. Lupa conduisit Kathleen, à travers les bois, les broussailles et d'affreux rochers, sur la
plate-forme d'une grotte étroite, creusée sur le versant du mont Lugduff, au-dessus du lac.

L'ermite, couché dans la grotte, dormait d'un sommeil lourd et pénible; il avait les cheveux hérissés et les mains crispées, car il avait un songe effrayant. Il rêvait que les portes
du ciel étaient ouvertes; il écoutait une musique ravissante qui le plongeait dans une extase
délicieuse; il voyait des millions d'anges et de saints, vêtus de robes éclatantes, qui chantaient des cantiques, en face du trône de Dieu, dont la splendeur remplissait les célestes de-
meures de rayons éblouissants. Kevin voulait se mêler à la foule des bienheureux, mais à
l'entrée du paradis, il rencontra l'ombre de Kathleen, ayant un regard mélancolique et
passionné, qui lui fermait les portes du ciel; puis, il entendit de grands éclats de rire.

Le chagrin le réveilla. Kevin, moitié endormi, s'écria d'une voix terrible : « Vengeance !
vengeance ! » Son visage et ses yeux étaient tellement courroucés, que Kathleen, tremblante,
se jeta vivement à ses genoux, en lui disant : « Oh ! mon Kevin, ne me tue pas ! »

Le pauvre ermite, en voyant la jeune fille dans cette humble posture, soupira tristement,
et lui dit : « Kathleen, ta parole a désarmé mon bras; mais écoute l'oiseau du matin qui
chante sur le cyprès de la grève; avant que sa chanson ne soit finie, haïs-moi, fuis et crains-
moi, car la mort plane sur ce rivage désert, et la folie tourne autour de ma tête ! »

Ces mots furent suivis d'un silence profond, que l'oiseau du cyprès interrompait seul par
ses chansons. La jeune fille, pensive et désespérée, sourit amèrement, et, réunissant toutes
ses forces dans un suprême élan d'amour, elle prit Kevin dans ses bras, l'étreignit contre son
sein, et lui dit d'une voix ferme et douce à la fois : « Kevin ! je t'aime et t'aimerai toujours ! »

Aussitôt, il revint à l'esprit de Kevin, le songe qui l'avait frappé si douloureusement! Kevin
entendit de nouveau les cantiques des anges et des saints, et les rires moqueurs; alors,
dans un moment d'épouvante, il repoussa Kathleen, qui tomba dans le lac....

Chut ! chut ! taisez-vous, échos de Glendalough, ne répétez pas cet horrible cri, que vient
de pousser la belle Kathleen, cette noble vierge d'Erinn, victime de son amour!

Emmanuel Doménech.

UNE AVENTURE DE L'ABBÉ DE GONDY

ᴇ cardinal de Retz, qui avait été le galant abbé de Gondy, raconta, un jour, en ces termes, une aventure de sa jeunesse, à la suite de laquelle il se fit prêtre par désespoir :

« Vous avez connu mon père, le comte de Joigny? Vous vous rappelez son caractère inflexible et son austère piété? Eh bien! son zèle ardent pour mon salut était stimulé, il est vrai, à son propre insu, par sa prédilection pour mon frère aîné et par la pensée de conserver dans sa famille le diocèse de Paris, sous prétexte de m'éviter les tentations du monde et les piéges de Satan.

J'avais vingt ans et n'étais pas encore engagé irrévocablement dans les ordres, quoique déjà promu aux abbayes de Buzay, Quimperlé et la Chaume; lorsque mon père obtint pour son fils aîné la main de la fille aînée de M. le duc de Retz, alors chef de notre maison. Je ne sais d'où me vint tout à coup un vif désir d'assister au bonheur d'un frère qui n'avait jamais été, tout au plus, qu'indifférent pour moi. Était-ce le peu de dispositions que je crus voir en mon père de me mener aux noces, ou bien une vague pensée relative à ce que j'avais ouï dire d'une sœur cadette de mademoiselle de Retz?

Nous arrivâmes, de grand matin, au château de Beaurepaire, où se devait célébrer le mariage. Fidèle à l'esprit de mon rôle, je masquai d'une certaine indifférence l'envie que j'avais d'être présenté aux dames, et, sans attendre leur lever, comme fit mon frère, je me retirai bravement dans ma chambre, un gros livre d'heures sous le bras. Une fois la porte fermée sur nous deux, vous pensez bien que le bréviaire et moi nous fîmes à l'instant divorce : lui, pour s'étaler en vain sur un bahut, tout ouvert; moi, pour m'aller planter à l'affût derrière les grands rideaux qui couvraient ma fenêtre. Je ne fus pas bien longtemps en vedette, sans voir paraître, presque vis-à-vis de moi, deux personnes, qui s'avançaient sur le balcon où donnait cette croisée. C'était mon frère Pierre, accompagné d'une toute gracieuse demoiselle.

J'exprimerais difficilement ce que produisit en moi cette pensée : *Ma future belle-sœur!* succédant au premier coup d'œil que j'avais jeté sur cette jolie personne ; ce fut un combat de mille sujets confus, où je ne démêlai d'abord que ceci : « J'eusse mieux aimé que ce ne fût pas là ma belle-sœur! »

Je venais de recevoir l'atteinte la plus profonde qu'eût encore reçue mon cœur. C'était une émotion douce, pénétrante, dont mes premières intrigues ne m'avaient jamais révélé l'existence : mon humeur hautaine et railleuse, ma fierté conquérante, étaient si loin de moi, que je sentis mes yeux se remplir de larmes.

Quand retentit la cloche du dîner, j'étais encore accoudé, les yeux dans les poings, cédant sans résistance au courant de mes *imaginations*. A mon entrée dans la grande salle, le premier objet qui frappa mes regards, ce fut la demoiselle du balcon, s'entretenant avec mon père et mon frère. Je m'appuyai contre le lambris, car mes jarrets allaient refuser de me soutenir ; cependant, je composai mon maintien, et, baissant les yeux sans affectation, j'avançais lentement pour complimenter cette aimable personne que je croyais être ma future belle-sœur, quand madame la duchesse de Retz parut avec une autre jeune dame, dont la beauté, moins touchante, mais plus éclatante que celle de la première, était rehaussée de tout ce qu'une splendide parure peut ajouter d'attraits à la plus belle.

— Monsieur l'abbé, me dit mon père en me désignant la nouvelle venue, approchez, et saluez votre belle-sœur.

Ce fut, je crois, la première fois de ma vie que j'obéis de grand cœur aux injonctions paternelles... Puis, comme on eut donné le signal de se mettre à table, je fis une demi-volte du côté de la sœur cadette. Palluau, qui fut depuis maréchal de Clérambault, se disposait, à lui offrir le bras, quand je me trouvai entre eux deux, la main de la demoiselle dans la mienne, le tout, sans nul doute, le plus innocemment du monde. Il sembla que ma force fût épuisée par ce triomphe ; car je demeurai quelque temps assis près d'elle, sans lui parler ni la regarder.

— Je pensais avoir à féliciter en vous la femme de mon frère! lui dis-je enfin à demi-voix. Grâces soient rendues au ciel de ce que je m'étais abusé!

— Le compliment est plus civil pour ma sœur Louise que pour moi! répondit-elle.

Elle avait levé sur moi deux yeux d'une extrême douceur, bien qu'exprimant un peu d'étonnement ; mais elle les voila aussitôt de ses longues paupières, car le regard qui avait croisé le sien ne lui permettait pas de méprise sur le sens de mes paroles.

Je n'osai l'entretenir de façon un peu vive pour cette fois ; mais je me jugeai pris tout de bon, et je connus bien que je n'avais jamais aimé personne avant mademoiselle de Scépeaux ; c'était le nom qu'on donnait dans la famille à la seconde fille de M. le duc de Retz.

Le lendemain, comme je me promenais dans le jardin, en rêvant au moyen d'obtenir d'elle un entretien, je la trouvai assise sous une charmille. Son front était penché sur sa main, ses belles boucles brunes flottaient au vent sur son cou de neige. Elle releva la tête, au bruit de mes pas, rougit et voulut s'éloigner.

— Vous suis-je donc si odieux, que ma seule présence vous force de fuir? m'écriai-je. Elle resta. Nous gardâmes quelque temps le silence.

— Pourquoi donc avez-vous quitté la compagnie et la ruelle de ma mère? dit-elle enfin de cette voix distraite qui laisse aller au hasard les paroles quand les pensées sont ailleurs.

Un pourpre plus foncé colora ses joues.

— Et puis, continuai-je en regardant d'un air sombre ma soutane noire, ce suaire qui m'enveloppe vivant pèse sur moi, parmi les joies des autres, comme un manteau de plomb!

— Tout ce que l'on rapportait de votre aversion pour l'état ecclésiastique était donc vrai? Pauvre cousin! quand les autres blâmaient devant moi votre obstination, quand ils enviaient cette mitre d'or dont vous ignorez tout le prix, disaient-ils, je vous comprenais, moi, je compatissais à vos tourments!...

— Oh! Marie, Marie, est-il possible? Quels tourments ne seraient oubliés pour une de vos larmes? Et pourtant j'ai bien souffert! Vous dites vrai... Les aînés sont bien heureux, en vérité! Et pourtant Dieu ne nous a-t-il pas faits hommes comme eux? N'avons-nous pas le même cœur? Ne nous faut-il pas aussi du bonheur?

— Hélas! nos fortunes sont semblables! Moi aussi, l'on me veut punir, par le couvent, du crime de n'être pas née la première!

— Vous! vous! arrachée à ce monde dont vous faites le charme le plus précieux! ensevelie dans un sépulcre monastique! Les barbares!... Jamais!...

Et je m'éclipsai en toute hâte derrière un buisson d'ifs, car j'avais entendu à quelque distance les pas et les voix de plusieurs promeneurs.

La veille des noces arriva sans que j'eusse pu venir à bout de la voir en particulier : on eût dit qu'un malin démon se jetait à la traverse. J'étais désespéré : les jours s'envolaient avec une vitesse effrayante, et chaque minute perdue pouvait être irréparable.

Tandis que je m'abandonnais à ces réflexions inquiétantes, je fis rencontre soudainement d'une vieille fille de chambre, qui avait élevé Marie et que celle-ci aimait chèrement. J'abordai nettement la question en suppliant la vieille de me procurer un entretien avec Marie. Bref, elle me fit monter dans sa chambre, et, au bout de quelque demi-heure, je vis entrer Marie, qui tressaillit et jeta un cri à mon aspect.

— Vous, ici! s'écria Marie, en me voyant à ses genoux. C'est indigne! Laissez-moi, monsieur! User d'un tel subterfuge!...

— Je n'avais pas le choix. Pardonnez-moi, Marie! Mais ce n'est pas ici le lieu d'écouter de vains scrupules... Répondez-moi! Oh! daignez me répondre! Voulez-vous mon cœur, ma main, ma vie entière? Me haïriez-vous assez pour me préférer le couvent? Vous n'avez le choix qu'entre nous deux! Dites, Marie, pouvez-vous m'aimer? Nous n'avons peut-être que cette heure à nous, pour fixer à jamais notre double avenir ! Si c'est trop d'une parole, qu'un coup d'œil, un signe de tête m'exprime ce doux aveu ! Vous consentez, n'est-ce pas, que je vous enlève aux longues douleurs du cloître ; que j'échappe moi-même à un joug insupportable ?... Ces vœux détestés, je m'efforçais de m'y soustraire, en exposant ma vie à des duels sans cesse renaissants : me refuserez-vous un moyen bien doux de les fuir ?

— Mais plus de duels alors ! me dit-elle, en me regardant avec une expression ravissante.

— Oh! non, jamais! car mes jours ne sont plus à moi ! Ainsi, vous me suivez? vous suivrez votre époux à l'étranger? Vous m'avouez de toutes les mesures que je vais prendre?

— Il le faut bien ! répliqua-t-elle.

Je sortis de cette entrevue, enivré d'espérance, sûr de mon bonheur.

Adieu l'ambition et la gloire, la vie de tribun et de conspirateur, objet de tous mes rêves de jeunesse! Adieu, Fiesque, Rienzi, Catilina! Une vie douce et paisible, un vieux château aux bords de la Loire, et Marie, tel devait être mon horizon, mon but, ma carrière!...

Le lendemain des noces, toute la compagnie prit la route de Machecoul. Je fus ravi de cette expédition; Machecoul n'est qu'à une demi-lieue de la mer ! Je partis aussitôt, pour aller affermer mon abbaye de Busay, située à cinq lieues de Machecoul : j'en retirai quatre mille écus comptants, avec une partie desquels je m'assurai le concours du capitaine d'une flûte hollandaise qui était à l'ancre dans la rade de Retz ; puis, je retournai triomphant rejoindre ma belle. Je ne cherchai point, par prudence, à l'entretenir de vive voix : je lui fis remettre un billet dans lequel je la prévenais que le surlendemain je l'attendrais sur la grève, au lever du soleil, et que nous mettrions à la voile pour la Hollande.

Quand je me présentai, le soir, dans la ruelle de madame de Retz, Marie me glissa ces deux mots à l'oreille : « J'y serai ! » Je n'osai la remercier par un regard empreint de toute ma reconnaissance : je tremblais que d'autres ne le rencontrassent en chemin. Un miroir placé au fond de la ruelle fut notre interprète commun. J'étais derrière Marie, et je voyais se reproduire fidèlement dans la glace polie toutes les émotions de son mobile et gracieux visage. Elle y vit aussi mon image, et lui sourit le plus délicieusement du monde, tandis que ses grands yeux bleus se mouraient d'une enivrante langueur. Aucun moment de mon orageuse carrière ne m'a fait oublier celui-là !

Le lendemain, les premières paroles que m'adressa mon père furent un ordre de faire mes adieux aux dames, attendu que l'ordinaire de Paris lui avait apporté les nouvelles les plus pressantes, et qu'il nous fallait aller coucher à Nantes ce soir-là. Tout n'était pas perdu, tant s'en faut; je me laissai emmener de bonne grâce; mais, la nuit, je pris si bien mon temps, que je m'échappai, à l'insu de tout le monde. Je montai à cheval, et, repassant la Loire, je courus ventre à terre jusqu'à Machecoul. Les premières lueurs de l'aurore me montrèrent le léger bâtiment du capitaine Van-Ost, se balançant sur la mer blanchissante; mais personne sur le rivage, excepté les pêcheurs de la côte de Retz, occupés à remettre à flot leurs barques échouées sur le sable.

Le soleil se leva, monta sur l'horizon... Rien !... J'attendais, j'attendais toujours. Tout mon sang fermentait dans mes veines; à chaque instant, je croyais apercevoir des cavaliers accourant de Nantes à ma recherche.

Le pauvre capitaine hollandais s'épuisait en signaux inutiles.

Enfin, je vis flotter au loin une mante de femme... Je répondis par un cri perçant au porte-voix du vieux marin, et, me jetant en selle, je volai au-devant de ma bien-aimée...

Par tous les démons de l'enfer ! ce n'était que la vieille femme de chambre.

— Où est ta maîtresse? lui criai-je d'une voix inintelligible.

— Dieu vous l'enseigne, mon cher monsieur ! répondit la bonne vieille en pleurant. Madame sa mère l'a fait monter avec elle ce matin dans un carrosse fermé, puis elles s'en sont allées sans rien dire à personne !...

De retour à Paris, mon premier soin fut, comme de raison, de chercher la retraite de Marie. Six mois s'écoulèrent, avant que je pusse acquérir la moindre lumière sur son sort.

Ce fut le plus grand hasard du monde qui me mit sur la voie : un valet de chambre à moi, se trouvant à Grenoble, s'avisa de passer de l'autre côté des montagnes, pour visiter des parents qu'il avait à Chambéry. Cet homme avait une vive passion et beaucoup d'apti-tude pour la musique vocale. Étant entré dans l'église d'un couvent, à l'heure de vêpres, il s'arrêta à écouter les chants des religieuses et fut singulièrement frappé de la voix de l'une d'elles, qui joignait aux notes les plus claires et les plus brillantes des tons d'une plénitude et d'une profondeur très-rares chez une femme. Un souvenir assez étrange traversa son cer-veau : il avait admiré, chez mademoiselle de Scépeaux, qu'il avait entendue chanter deux ou trois fois, cette même faculté qu'il retrouvait en ce moment au fond de la Savoie.

Notre homme se voulut mettre la conscience en repos : il lia connaissance avec le jar-dinier, questionna la tourière et fit tant, qu'il apprit que la chanteuse était une Française de haute distinction, bien qu'on n'en pût dire le nom ni la famille, car elle avait été amenée, en grand secret, au couvent, fort souffrante et fort abattue, il y avait quelque six mois.

Dix jours après, mon fidèle émissaire était à Paris, et, huit jours encore après, moi à Gre-noble, où j'attendis la réponse d'une lettre que je chargeai mon homme de faire parvenir à Mlle de Scépeaux. Tout était prêt. Je ne doutais pas du succès. Caché dans un village des mon-tagnes, je devais les franchir aussitôt que j'aurais reçu le consentement de Marie. L'enlever, fuir avec elle à Genève, m'était alors facile. Une fois là, nous bravions en paix nos tyrans !...

Un matin, tandis que je calculais pour la centième fois le nombre d'heures qu'il fallait à mon messager pour être de retour, mon hôte introduisit un courrier qui venait de Cham-béry. Ce n'était pas le mien, et la lettre n'était pas de Marie ! Elle était de l'abbesse du cou-vent de *** : on me prévenait que la noble demoiselle, à laquelle je jugeais à propos d'adresser mes propositions de mariage, était, depuis un mois, grâce aux dispenses de Monseigneur l'évêque de Chambéry, une des épouses de Notre-Seigneur ! »

HENRY MARTIN.

UN BIBLIOPHILE

EVENU sur ses vieux jours bibliothécaire de Monseigneur Achille de Harlay, premier président au parlement de Paris, le savant carme Louis Jacob de Saint-Charles, auteur du *Traité des plus belles bibliothèques du monde*, ne se plaisait guère dans cette maison, qui lui semblait plus austère et plus triste que son couvent des Billettes. M. de Harlay, homme peu sociable, d'un caractère inflexible et d'une majesté désespérante, ne prononçait jamais un mot, quoique ses gros yeux interrogeassent toujours, et le P. Jacob se sentait mal à l'aise vis-à-vis de ce grave magistrat, qui ne s'épanchait pas en confidences de bibliophile.

Le bon religieux eût souhaité retourner dans son couvent, pour y mourir, disait-il, au milieu de ses livres; mais il se laissait retenir chez M. de Harlay, par deux liens également solides et chers : la bibliothèque et la dernière fille du premier président.

La bibliothèque était nombreuse et composée d'excellents livres d'érudition.

La dernière fille de M. de Harlay, mademoiselle Geneviève, était la plus aimable espiègle, la plus charmante enfant qui se fût jamais épanouie dans la morose et ennuyeuse atmosphère du parlement de Paris. Le P. Jacob l'avait presque vue naître, et il se souvenait de lui avoir tiré son horoscope la première fois qu'il la vit dans son berceau, tandis que le père et la mère l'y regardaient dormir :

— Monseigneur, dit-il en feuilletant un gros volume, vous verrez qu'elle aimera les livres et qu'elle fera merveille dans votre bibliothèque.

Geneviève ne s'était pas trop piquée de réaliser cette prédiction : elle avait grandi, en devenant jolie et spirituelle, mais les livres ne lui semblaient bons qu'à fournir des papillottes. Elle n'en était pas moins très-avancée pour son âge, et elle avait annoncé délibérément qu'elle comptait bien choisir un mari sans prendre conseil de personne.

Le soir du 10 mai 1670, le P. Jacob, retiré dans sa chambre avec ses livres qui ne le quittaient jamais, se reposait des fatigues de la journée qu'il avait employée tout entière à ranger la bibliothèque de M. de Harlay. Il était vêtu de son costume d'étude : la calotte de velours noir, la robe de drap pareillement noir, que l'encre et la poussière avaient enduit de taches luisantes, la ceinture de cuir autour des reins.

Il achevait enfin son ouvrage, *Bibliotheca Carmelitarum*, que son couvent des Billettes, à Paris, posséda manuscrit jusqu'à la Révolution. Assis dans son grand fauteuil, qu'il chérissait comme un compagnon de travail, il écrivait ce traité bibliographique, pendant que son secrétaire Mathieu, clerc séculier à la mine joyeuse et rebondie, aussi bavard et ignorant que, s'il n'eût fait encore connaissance qu'avec le dos des livres, cherchait et apportait ceux que nommait, l'un après l'autre ou à la fois, le laborieux compilateur ; mais les lenteurs de Mathieu, qui épelait le titre de vingt volumes avant de rencontrer juste, désolaient le bon carme, forcé souvent de suspendre sa rédaction, pour se livrer lui-même à une recherche pénible dans les rayons de sa bibliothèque particulière.

— Mon révérend père, lui disait Mathieu, vos bouquins ont l'oreille dure ; ils ne répondent pas à votre appel : cependant vous les remuez tant, qu'ils n'amassent point de poussière.

— Mon ami, reprit Jacob en souriant, si les usages des anciens Égyptiens étaient admis en France, je voudrais être enterré avec ce que j'aime le plus au monde : mes livres !

— *Bibliotheca Pontificia duobus libris distincta !* cria sa perruche favorite, qui avait appris à répéter les noms de ses ouvrages latins et français.

On frappa doucement à la porte. C'était Geneviève, dernière fille de M. de Harlay, jolie blonde aux joues fraîches et bouffies, à la bouche pincée, aux yeux vifs et hardis, à l'air prude : elle portait habituellement un voile, comme si elle se fût préparée à se faire religieuse, de même que ses sœurs Madeleine, Anne et Élisabeth ; mais elle ne le baissait qu'à la messe : sa toilette brillante de satin et de velours, n'eût pas été plus riche et plus soignée pour le bal, quoique Geneviève ne sortît jamais que pour aller à l'église.

— Révérend père, dit-elle en entrant, je viens querir la clef de la grande bibliothèque.

— Ah ! M. de Harlay désire visiter sa bibliothèque ? repartit, avec un sourire de satisfaction, le savant qui acheva d'écrire une phrase commencée avant de jeter la plume.

— Non, ne venez pas, ne vous dérangez point, je vous en prie ! répliqua Geneviève, qui rougit et balbutia : ce n'est pas M. le président... Même il est inutile qu'il le sache.

— Ah ! ce n'est pas M. de Harlay ? Alors, qui demande cette clef ? dit le carme, décidé à ne pas se dessaisir de la clé, qu'il n'eût remise qu'à M. de Harlay en personne.

— Ne voyez-vous pas, mon révérend père, que mademoiselle Geneviève se veut instruire secrètement ? répondit Mathieu, qui devina l'embarras de la jeune fille.

— C'est moi, dit-elle en rougissant plus fort, qui réclame de vos bontés, la clé de la bibliothèque, pour ce soir...

— Que voulez-vous faire de cette clé ? dit aussitôt Louis Jacob, qui n'osait pas en venir à

un refus définitif. Demain... Tout est en désordre, les livres, les manuscrits, sur le plancher,
sur les tables, je ne m'y reconnaîtrais pas moi-même. Il suffirait d'une étincelle pour mettre
le feu et détruire cette précieuse bibliothèque... Cependant je peux vous y conduire...

— Non, interrompit-elle d'un ton fâché. Je pensais que vous ne me refuseriez pas !...

— Ah ! Mademoiselle, je ne vous refuse pas ! reprit le religieux, qui craignait de méconten-
tenter la fille de son patron. Sans doute, je vous donnerais cette clef à l'instant, si je
croyais convenable de vous exposer à des lectures dangereuses... car, dans une grande bibliothèque, tous les livres ne sont pas également bons à lire.

— Enfin, Monsieur, dit-elle avec instance, me donnerez-vous cette clef ? Je vous promets de
la rapporter dans une heure ; je vous promets, en outre, de ne toucher à aucun livre... Mais
cette clé, pour l'amour de Dieu !... J'en ai besoin, et vous me rendrez un véritable service.

— La voilà, Mademoiselle ! répondit Louis Jacob, étonné et subjugué par ces prières de
femme prononcées avec une voix douce et suppliante : vous me la rapporterez dans une
heure, n'est-ce pas ? et j'irai remettre en place les livres que vous aurez dérangés... Je
vous recommande de ne pas ouvrir un seul volume de la troisième armoire, entre les bustes
de Catulle et de Pétrone... Mademoiselle, prenez garde au feu ! Je mourrais de douleur s'il
arrivait un accident... Vous entendez bien, la troisième armoire ? Ce sont *erotica opera*.
Feuilletez les manuscrits avec précaution... En vérité, je suis trop faible ! M. de Harlay me
blâmerait : une jeune demoiselle seule dans cette bibliothèque !

Le P. Jacob continuait ses instructions mêlées de reproches adressés à lui-même, pendant
que Geneviève, joyeuse d'avoir arraché la clé des mains du vieillard, s'enfuyait et courait se
renfermer avec les livres. Le bibliothécaire était si préoccupé de son imprudente confiance, qu'il vint à penser, pour se rassurer, que la fille du premier président se formait
l'esprit, à la dérobée, par l'étude des auteurs classiques.

Enfin il retomba dans sa distraction studieuse, où le ramenait une lettre de Ménage, qui
l'avertissait d'une erreur grossière de sa *Bibliothèque pontificale* : il avait fait du titre d'un
livre le nom de l'auteur, qu'il appelait *Benjaminus Stares Spiegel*, au lieu de Benjamin
Strack, sans soupçonner que *Spiegel* signifiait *miroir*. Cette lourde bévue lui prouva qu'il ne
savait pas l'allemand ; et il fit vœu de l'apprendre par pénitence.

Sa rêverie fut troublée par des cris et des voix éclatantes, puis par la chute de plusieurs
corps pesants qui ébranlèrent le plafond, comme si la maison allait s'écrouler. Il leva la tête
et la plume, écouta et trembla : il se souvint de la clef de la bibliothèque.

— Mon révérend père, la clef ! s'écria Mathieu qui accourut, moitié riant, moitié effrayé.

— Rends-la moi, cette clef ! reprit le carme tout ému. Je vais la reprendre...

— N'y allez pas, mon révérend ; M. de Harlay est en belle fureur : il a trouvé, en rentrant,
sa fille Geneviève dans la bibliothèque avec ce galant maître des requêtes, qu'elle veut épouser
malgré ses parents, et celui-ci a renversé livres et armoires, pour se sauver par la fenêtre...

— Ah quel désastre ! on a renversé les armoires et les livres ? s'écria le bon carme avec

douleur. Je m'étais donné tant de peine à les ranger, car la bibliothèque de M. de Harlay
était confondue avec celle de son père. Ah ! quelle mésaventure ! Jamais je ne prêterai ma
clef dorénavant ! Mon grand catalogue est bien loin ! Mon Dieu ! a-t-on eu la barbarie de
renverser des livres ! ils auront bien souffert, ces pauvres livres !

Le P. Jacob, chagrin et indigné, courut à la bibliothèque, où il rencontra M. de Harlay plus
indigné et plus chagrin pour un tout autre motif, mais aussi plus solennel dans l'expression
de ses sentiments : au milieu des livres confondus pêle-mêle et entassés à ses pieds, dans
une atmosphère de poussière, on eût dit qu'il siégeait encore sur les fleurs de lis.

— Voilà donc votre ouvrage, mon père ! dit sévèrement le premier président, qui parlait
du tête-à-tête de sa fille avec le jeune maître des requêtes. Comment un homme de votre
état et de votre caractère a-t-il pu prêter les mains à cette conduite coupable ?

— Ne m'accusez pas, Monsieur le premier président ! répondit Jacob, s'imaginant qu'on
lui parlait de bibliothèque : je me doutais d'un malheur, lorsque je faisais difficulté de confier
ma clef !... Ce spectacle afflige, et j'en pleurerais comme un enfant.... Comment retrouver
dans ce chaos l'arrangement de mon catalogue ! Je mettrai des mois à réparer ce dégât !...
Il ne faut pas avoir de cœur pour s'attaquer à des livres qui n'en peuvent mais !

— Monsieur, vous étiez leur complice, reprit M. de Harlay d'un accent formidable ; vous
avez favorisé leur rendez-vous !... Un carme ! un homme que je croyais respectable et que
j'avais accueilli dans ma maison comme un ami d'enfance !

— Mon Dieu, monsieur le président, je conçois votre colère, répliquait Jacob qui ne
soupçonnait pas qu'on pût songer à autre chose qu'aux livres devant cette bibliothèque en
désarroi. On dirait que les Goths, les Visigoths, les Huns, ont passé par là ! Combien de
volumes écornés, déchirés et froissés ! Je vous jure que j'en suis bien innocent ! Cependant
ce malheur n'est pas sans remède : je ne me coucherai pas de la nuit, pour le réparer.
Allez-vous coucher, monsieur le président, Mathieu m'aidera, et demain tout sera remis en
place. Mathieu, ramasse les volumes au hasard. Je les classerai là-haut.

M. de Harlay eut d'abord l'idée que le P. Jacob se moquait de lui et s'efforçait d'éluder les
réprimandes qu'il avait méritées ; car ce respectable bibliothécaire avait posé lui-même l'é-
chelle et y montait, chargé de six in-folio, en donnant des ordres à son secrétaire ; mais le
zèle et l'activité qu'il déployait étant au-dessus de ses forces, il perdit l'équilibre et tomba,
sans abandonner son fardeau : il fut tué roide, et mourut sur le terrain d'une bibliothèque,
comme un guerrier au champ d'honneur.

M. de Harlay, qui le soupçonnait encore d'avoir été le confident et le complice de Geneviève, envoya celle-ci rejoindre ses sœurs dans un cloître, et fit mettre le corps, à peine froid,
du P. Jacob, dans un carrosse, pour être ramené au couvent des Billettes. Mathieu, se rappe-
lant le vœu de son maître, remplit le carrosse des livres que ce savant avait tant aimés, afin
qu'il fût comme enseveli avec eux.

P. L. Jacob, bibliophile.

PATKUL

 EAN Reinhold Patkul, né à Stockholm, vers l'année 1660, dans la prison même où sa mère avait été enfermée avec son père, éprouva de nombreuses et cruelles vicissitudes, avant de devenir lieutenant-général et ministre plénipotentiaire de Pierre le Grand. Il était capitaine dans un régiment livonien, lorsque ses compatriotes le désignèrent pour faire partie d'une députation qu'ils envoyaient au roi de Suède, Charles XI, pour défendre leurs droits nationaux. Patkul remplit cette mission avec autant de courage que de talent; mais il se fit des ennemis puissants qui l'accusèrent de haute trahison : il fut condamné à mort par contumace. Il s'était enfui pour échapper au sort qu'il prévoyait. Après avoir erré en Suisse et en Allemagne, il s'attacha à la cour d'Auguste II, électeur de Saxe et roi de Pologne. Il avait été envoyé à Moscou, pour signer un traité d'alliance offensive entre la Saxe et la Russie contre la Suède. Ce fut alors qu'il passa au service du czar Pierre Ier, et qu'il put donner satisfaction à son implacable ressentiment contre la couronne de Suède. Il s'était aliéné à la fois les Saxons, les Polonais et les Suédois; mais l'amitié des Russes lui restait encore.

Le czar Pierre l'envoya à Berlin. C'était la troisième fois qu'il y paraissait comme négociateur. Pendant le séjour qu'il y fit, un homme grave, en regardant sa main, y trouva un signe qui lui présageait une mort violente. De retour de sa mission à Berlin, Patkul sembla vouloir renoncer à sa vie agitée, pour se livrer exclusivement à l'étude : il continuait cependant sa correspondance avec le czar.

Auguste avait les défauts qui accompagnent la faiblesse : son âme pusillanime était capable d'abandonner, de persécuter même l'homme auquel il avait naguère accordé toute sa confiance. Patkul, d'ailleurs, avait offensé l'amour-propre de ce prince. Le chancelier de la cour de Saxe obtint donc facilement qu'on se saisît de sa personne. Patkul avait eu le pressentiment du sort qu'Auguste lui réservait : « Il a été blessé, disait-il, des reproches que m'a dictés mon zèle; il a juré de se venger : il sera fidèle à ce serment plus qu'à tous les autres.»

En effet, tandis qu'Auguste était à Grodno, où il avait eu une entrevue avec le czar, Patkul fut arrêté à Dresde pendant la nuit du 8 décembre 1704. Il venait de se coucher. On lui laissa à peine le temps de s'habiller ; on le conduisit au fort de Sonnenstein. Il y fut enfermé sous une forte garde. On sépara de lui tous ses domestiques ; on mit les scellés sur ses papiers ; on lui refusa tout moyen d'informer le czar de sa douloureuse position.

Les envoyés d'Autriche et de Danemark élevèrent leurs voix en sa faveur. Ils ne furent pas écoutés, et quittèrent la cour de Dresde. Le prince de Galitzin protesta, au nom du czar, contre le procédé des ministres polonais envers un délégué de ce prince. Auguste chercha à justifier cette violence, même aux yeux du czar. Peu après, il fut obligé de céder à l'ascendant de Charles XII. Il implora la paix ; il l'obtint, mais à quelles conditions ? à celles de renoncer à la couronne de Pologne, et de livrer Patkul au vainqueur irrité.

Patkul avait été transféré dans le château de Reingstein. C'est de là qu'il fut livré à un corps de troupes suédoises, le 28 mars 1707. Vainement Pierre Ier cria-t-il à la violation du droit des gens dans la personne de son ministre ; Auguste crut courir moins de risques en le bravant, qu'en s'exposant de nouveau aux hasards de la guerre avec un ennemi aussi redoutable que Charles XII. Patkul fut conduit en Pologne, dans un chariot couvert, où il ne respirait qu'à travers quelques fentes qu'on y avait pratiquées. L'instruction de son procès eut lieu devant un conseil de guerre présidé par le général Rhœnschield, car Charles XII, malgré son implacable ressentiment, voulut qu'on mît des formes dans le jugement du célèbre rebelle. Ce ne fut que deux jours avant le terme fatal, que Patkul, sous une escorte de trente hommes, fut transporté à Kasimiers, village de Pologne, voisin de la ville de Posen. Hagen, l'aumônier du régiment suédois, à la garde duquel Charles XII l'avait confié, fut envoyé pour l'exhorter à la mort. « Je viens, lui dit-il, consoler un cœur affligé avec le secours des saintes Écritures. — Je vous remercie. Quelles nouvelles m'apportez-vous donc ? — J'aurais quelque chose à vous dire en particulier. » L'officier qui était présent se retira.

Quand ils furent seuls, Patkul serra la main de l'aumônier, et lui demanda d'une voix émue ce qu'il avait à lui dire : « Je vous apporte, répondit l'aumônier, une nouvelle semblable à celle que le roi Ézéchias reçut de la bouche du prophète : — Prépare ta maison, car tu dois mourir. Demain tu ne verras plus la lumière. » Patkul se jeta sur son lit et pleura. Puis, reprenant sa fermeté habituelle, il s'écria : « O Suède, si je t'ai quittée, est-ce dans les transports de la joie ? Où devais-je me réfugier ? Je ne pouvais m'enfoncer sous la terre. Ma religion m'excluait du cloître. Je ne me crus en sûreté qu'auprès des princes confédérés. Mais on me dit : Tu t'es retiré chez nos ennemis ; ainsi, tu es l'auteur de cette sanglante guerre... »

Le prêtre lui fit observer qu'il devait moins s'occuper des affaires de ce monde. « Laissez-moi le temps de m'en détacher, ensuite je n'en parlerai plus. » Il rappela les services importants qu'il avait rendus au roi de Prusse et à l'empereur d'Allemagne, et toujours dans l'espoir de rentrer en grâce auprès de son souverain. Après avoir ensuite exhalé son dépit contre Auguste, il congédia l'aumônier pour quelques heures. Hagen, à son retour, le trouva beaucoup plus calme. « Soyez le bienvenu, monsieur le pasteur, lui dit Patkul ; je vois en vous un ange du Seigneur. Mon cœur est soulagé d'un grand poids : il a éprouvé une entière révolution. Je me félicite de mourir. La mort est bien préférable à une longue captivité... Mais quel est le genre de mort qu'on me réserve? — C'est encore un secret qui n'est connu de personne. — Mourrai-je, sans avoir été jugé ni entendu? — Votre sentence est sans doute ici, mais cachetée; on ne doit l'ouvrir que sur la place. » Patkul cita, en se les appliquant, quelques passages de la Bible.

L'aumônier lui proposa de faire son testament. Patkul en dicta le premier article : « J'invite le roi Auguste à faire payer à mes parents une somme de cinquante mille écus. »

Il s'interrompit, pour parler d'objets indifférents; puis, poussant un profond soupir : « Ah! oui, j'ai çà et là quelques amis qui pleureront ma mort. Que dira l'Électrice? Et la femme à laquelle je devais unir mes destinées! Oh! de grâce, apprenez-lui ma mort et les derniers vœux dont elle est l'objet! » Il pressa ensuite l'aumônier d'accepter cent ducats et un exemplaire de l'Ancien Testament, en grec. « Ce fut, lui dit-il, mon fidèle compagnon, au temps de l'adversité. Après quelques phrases religieuses, Patkul témoigna l'envie de dormir.

Le lendemain, l'aumônier reparut, dès quatre heures du matin. Patkul se leva aussitôt. Il remercia Dieu : il assura qu'il n'avait depuis longtemps dormi d'un sommeil aussi paisible. Vers six heures, il dit: « Allons, au nom du Sauveur! Marchons au supplice, avant que le tumulte s'augmente! » Il pria quelques moments; puis, se tournant vers le soleil levant : « Salut, dit-il, jour solennel! Tu es un jour de noces pour moi. J'espérais, il est vrai, en célébrer un d'une autre sorte; mais celui-ci est plus sacré encore. » Il entend qu'on attelle les chevaux. « Dieu soit loué, on se hâte! Ah! qu'on abrége le temps qui me reste à vivre!

L'officier de garde s'annonça. Patkul revêtit son manteau, et sortit avec le prêtre. Il lui donna la place d'honneur dans le char fatal. Sous l'escorte d'un gros détachement à cheval, le char roule rapidement au lieu du supplice. Pendant le trajet, Patkul embrasse l'aumônier et lui recommande encore de saluer la femme qu'il avait dû épouser.

L'échafaud était dressé dans un taillis près du village de Kasimiers. A l'aspect de l'effrayant appareil, Patkul éprouva une convulsion de frayeur; il serra l'aumônier dans ses bras: « Ah! monsieur le pasteur, s'écria-t-il, priez Dieu qu'il me sauve du désespoir! » Un capitaine suédois lui lut à haute voix la sentence qui le condamnait à être roué et écartelé. Aux mots de « traître à la patrie, » il leva les épaules, en regardant le ciel. Le bourreau lui ayant montré le lieu de l'exécution : « Allons! fais ton devoir! » lui dit-il en lui remettant un papier et une somme d'argent. Pendant qu'on le déshabillait et qu'on l'attachait aux quatre poteaux : « Ah! priez Dieu, dit-il à l'aumônier, qu'il me fortifie en cet instant! » L'aumônier invita les assistants à dire un *Pater* pour cet infortuné. Au premier coup qu'il reçut, Patkul s'écria d'une voix terrible et lamentable : « Jésus, ayez pitié de moi! »

Cte ALEXIS APRAXINE.

MONTAGNES ROCHEUSES

'EST à cause de son caractère rude, brisé, raboteux, à cause de la nudité de ses sommets, que
cette longue chaîne de montagnes a reçu le nom
de *Montagnes Rocheuses*. S'élevant au milieu de vastes plaines, traversant
plusieurs degrés de latitude et de longitude, et divisant les eaux de l'Atlan-
tique de celles du Pacifique, on l'a pareillement désignée sous le nom
figuratif de l'*épine dorsale du nouveau Continent*.

Les Montagnes Rocheuses ne présentent pas une ligne non interrompue,
mais plutôt une suite de groupes de montagnes et quelquefois même des pics
détachés. Quoique plusieurs de ces pics atteignent la région des neiges perpé-
tuelles, leur élévation au-dessus de leur base immédiate n'est pas aussi consi-
dérable qu'on pourrait se l'imaginer; car, du nord au sud, toute la chaîne des
Montagnes Rocheuses repose sur des prairies, comme sur un piédestal de mille à quinze
cents mètres de hauteur. Entre les groupes des montagnes se trouvent des vallées arro-
sées de petits cours d'eau, qui deviennent de belles rivières à mesure qu'ils avancent dans
les plaines et finissent par se décharger dans ces grandes artères des prairies américaines,
auxquelles nos fleuves de l'Europe ne sauraient être comparés. Tandis que les sommets des
Montagnes Rocheuses sont nus et dépouillés de toute végétation, leurs flancs sont capri-
cieusement enveloppés d'énormes draperies de broussailles, de pins, de hêtres, de bouleaux,
de chênes et de cèdres, d'une hauteur prodigieuse. Sur les plateaux abrités et dans les
endroits où le sol est recouvert de bonne terre, il croît une flore aussi riche que variée.
Les ravins possèdent beaucoup de plantes alpines, de magnifiques *asters*, au milieu desquels
le *dodecatheon dentatum* étale ses beaux pétales écarlates. Une espèce d'écureuil sibérien
est à peu près le seul habitant de ces hautes latitudes.

Les Alpes et les Pyrénées n'offrent rien de plus varié, de plus poétique, rien d'aussi sublime
que cette immense série de pics, dont quelques-uns dressent leurs cimes majestueuses à

cinq mille mètres au-dessus du niveau de la mer. Tantôt ce sont des volcans mal éteints ou de gigantesques rochers qui se réunissent pour représenter un escalier fabuleux tapissé de forêts; tantôt ce sont des terrains argileux et calcaires, qui se croisent, se plient, se brisent, en traçant les lignes et les dessins les plus bizarres. Souvent on se croirait au milieu d'une ville en ruine du moyen âge, avec ses donjons crénelés, ses tourelles gracieuses, ses murailles lézardées et ses fossés profonds. Outre les traces volcaniques si fréquentes dans ces montagnes, on y voit également beaucoup de bois fossile, de l'asphalte, de l'obsidienne, avec laquelle les anciens Mexicains faisaient des couteaux pour leurs sacrifices, et dont les Indiens se servent pour faire des pointes de flèches et des lances. Plusieurs vallées, formées par des colonnades de basalte, semblables à la Chaussée des Géants en Irlande, ajoutent encore à l'admiration que cause cette suite de merveilles.

Les Indiens éprouvent une vénération particulière pour les Montagnes Rocheuses, qui sont pour eux les limites du monde connu, et d'où s'échappent de si puissants fleuves. Ils les appellent la *Crête du monde*, et pensent que c'est là où le Grand Esprit, le Maître de la vie, réside, sur une des éminences aériennes de la chaîne. Plusieurs tribus de l'Est les désignent sous le nom de *Montagnes du soleil couchant*, et y placent leur paradis idéal, leurs heureux champs de chasse, invisibles aux yeux des mortels. C'est également là qu'est située la *Terre des âmes ou des ombres*, où se trouvent « les villages habités par les généreux et les bons esprits libres » qui, pendant leur vie, ont su plaire au Grand Esprit, et qui jouissent d'un bonheur sans fin après leur mort. Les tribus éloignées racontent des prodiges de ces montagnes. Ils pensent qu'après avoir rendu le dernier soupir, ils seront obligés de les parcourir, de monter sur un de leurs pics les plus escarpés, à travers des rochers mobiles, la neige et des torrents furieux. C'est ainsi qu'après plusieurs lunes de fatigues et de dangers, ils arriveront au sommet, d'où ils découvriront la Terre des ombres; ils verront les âmes des braves guerriers et des bons Indiens, vivant sous de belles tentes plantées dans un champ couvert de verdure, arrosé par de brillants ruisseaux et rempli de buffles, d'élans et de chevreuils. Les âmes des voyageurs, qui se seront bien conduits pendant leur vie mortelle, pourront descendre et jouir du bonheur et des richesses de ce délicieux pays. Si, au contraire, ces âmes n'ont point été fidèles aux lois du Grand Esprit, si elles se sont abandonnées aux vices, elles seront obligées de redescendre et d'errer dans les plaines stériles et sablonneuses, souffrant la soif et la faim, après avoir vu leurs compagnons heureux jouir d'une félicité éternelle, dont le souvenir augmentera leur éternelle misère et leur supplice sans fin.

EMMANUEL DOMENECH.

CHARLES VII ET AGNÈS SOREL

CANTATE

La scène se passe au château de Bois-sire-amé, en Berry

LE ROI, seul.

France, j'ai vu couler trop de sang et de larmes!
J'ai besoin d'oublier les maux et les alarmes
    Qu'a soufferts mon peuple aux abois.
On n'entend plus ici le bruit des armes.
Ce paisible manoir me cache au fond des bois.
Tandis que les Anglais dévorent mon royaume,
    J'ai quitté Bourges et ma cour.
On peut avec Agnès être heureux sous le chaume!...
Je vais vivre auprès d'elle en m'enivrant d'amour.

(A un capitaine de sa garde écossaise.)

Personne, sans mon ordre, en ces *lieux* ne pénètre!
Fût-ce le connétable insistant pour me voir,
    Je ne veux pas le recevoir....
Dites-lui que j'abdique et qu'il n'a plus de maître!

    Soucis du trône, loin de moi!
Cessez de m'entourer de vos ombres sinistres!
    Disparaissez, conseillers et ministres!
Je suis l'amant d'Agnès et ne suis plus le roi.

    Sous le fardeau de la couronne,
    Mes jours se traînaient pleins d'ennuis :
    Malgré l'éclat qui l'environne,
    D'affreux songes troublaient mes nuits.
    Les flatteurs m'assiégeaient sans cesse,
    Le mensonge enflait mon orgueil,
    Quand vers moi la patrie en deuil
    Envoyait un cri de détresse!

    Soucis du trône, loin de moi!...
Je suis l'amant d'Agnès et ne suis plus le roi.

(Entre Agnès.)

Belle Agnès, qu'avez-vous? Vous paraissez émue?

AGNÈS.

Ah! sire!

LE ROI.

Vous tremblez? et vous avez pleuré!

AGNÈS.

Un spectacle navrant s'est offert à ma vue...
J'en ai le cœur encore déchiré!

LE ROI.

Ma belle Agnès, je donnerais ma vie
Pour vous épargner quelques pleurs

AGNÈS.

La paix de l'âme à présent m'est ravie
Par cette scène de douleurs.

LE ROI.

Ne pleurez pas, ô ma douce compagne!...

AGNÈS.

Ah! que n'étiez-vous là!

LE ROI.

Que s'est-il donc passé?

AGNÈS.

Je regardais au loin dans la campagne,
Quand j'aperçois venir un écuyer blessé :
Couvert de sang et de poussière,
En agitant la royale bannière,
Il s'avance au bord du fossé...

LE ROI.

Eh bien!

AGNÈS.

La porte est close et vainement il prie
Qu'on s'en aille avertir le seigneur de céans.
D'une mourante voix tout à coup il s'écrie :
« Montjoie et saint Denis! on assiége Orléans! »

LE ROI.

Est-il possible? O ciel !

AGNÈS.

Je crois encor l'entendre :
« On assiége Orléans! Montjoie et Saint-Denis! »

LE ROI.

Ma bonne ville aura pu se défendre...
Tu la protégeras, grand Dieu, je te bénis!...
Cet écuyer, qu'il vienne sans attendre?

AGNÈS.

Sire , il est mort!

LE ROI.

Mort!

AGNÈS.

Oui, mort, sous mes yeux,
De fatigue et de ses blessures.

LE ROI.

Si ces nouvelles étaient sûres!,..
Orléans! les Anglais! présages odieux !

AGNÈS.

Sire , je veux partir!... Je vous fais mes adieux !

LE ROI.

Ah! que voulez-vous dire?
Me quitter! eh! pourquoi?

AGNÈS.

J'entends avec effroi
Le peuple me maudire.
Il respecte son roi,
Et n'accuse que moi
Des malheurs de la France.

LE ROI.

On vous accuse, vous?

AGNÈS.

Des malheurs de la France.

LE ROI.

Je dois à vos genoux
Expier cette offense.

AGNÈS.

Sire, séparons-nous !

LE ROI.

Aux méchants je pardonne...
C'en est fait! j'abandonne
Le sceptre et la couronne,
Pour garder votre cœur.
Dans ce séjour tranquille
Ma royauté s'exile
Et demande un asile
Pour cacher son bonheur.

AGNÈS.

La colombe craintive
Gémit à vos côtés.

LE ROI.

Vous êtes ma captive,
Ma belle Agnès , restez!

AGNÈS.

J'en ai honte moi-même :
C'est vous mon prisonnier !

LE ROI.

Un seul toit, quand on aime,
Renferme un monde entier.

AGNÈS.

La France vous réclame :
Répondez à sa voix !

LE ROI.

Je n'ai que vous dans l'âme,
Et l'amour qui m'enflamme
Me dicte seul des lois.

AGNÈS.

Écoutez, le cor sonne!... Il annonce l'approche
D'un seigneur de la cour ou d'un noble étranger.

LE ROI.

Serait-ce d'Orléans un nouveau messager?

AGNÈS.

Sire, voyez là-bas au pied de cette roche !
C'est un bon chevalier sans peur et sans reproche,
Armé de pied en cap, suivi de ses varlets....

LE ROI.

Si c'étaient déjà les Anglais !

AGNÈS.

Sire, ordonnez qu'on ouvre la poterne!

LE ROI.

La porte est close et close restera :
Pas un être vivant dans ces murs n'entrera !

AGNÈS.

Aux gens de bon vouloir passant sur votre terre
Accordez l'hospitalité.

LE ROI.

Non.

AGNÈS.

C'est un pèlerin.

LE ROI.

Non. Que Dieu le conduise !

AGNÈS.

C'est un pauvre vieillard; craignez-vous qu'il vous nuise?

LE ROI.

Agnès, n'insistez pas !

AGNÈS.

Sire, par charité !
Il a faim, il a froid!....

LE ROI.

Eh bien ! qu'on l'introduise !

(Entre le connétable de Richemont déguisé.)

AGNÈS.

Le voici, ce vieillard !

LE ROI.

Quel est donc son dessein ?

AGNÈS.

Il marche tout courbé par l'âge qui l'accable.

LE ROI.

Je vois briller des armes dans son sein.

AGNÈS

Ses traits vous sont connus.

LE ROI.

Serait-ce un assassin ?

AGNÈS.

C'est un ami.

LE ROI.

Le connétable !
Artus de Richemont, sans mon ordre, en ce lieu !...
Arrière, éloignez-vous !

RICHEMONT.

Je cherche le roi Charles,
Pour lui parler au nom de Dieu.

LE ROI.

Sortez !

RICHEMONT.

Je reste, sire : il faut que je vous parle !

AGNÈS.

Ne le repoussez pas, il vient au nom de Dieu !

RICHEMONT.

Sire, je vais mourir ! c'est mon dernier adieu.

LE ROI.

Toi ! mourir, Richemont ! Que les saints te protégent!

RICHEMONT.

Vos capitaines sont jaloux
De défendre Orléans que les Anglais assiégent.
Orléans sera sauf ou nous périrons tous!
Ne viendrez-vous pas avec nous?

LE ROI.

Je renonce à l'honneur insigne
De diriger vos efforts généreux.
Vous trouverez quelque autre main plus digne
Pour relever ce trône malheureux.

RICHEMONT.

Que dites-vous? A ce langage indigne,
Je ne reconnais plus le roi !

LE ROI.

J'abdique la couronne.

RICHEMONT.

Ah ! madame, aidez-moi
A sauver la France et le roi ?

LE ROI.

Je suis las de la guerre!

RICHEMONT.

Pensez à vos aïeux !

AGNÈS.

Hélas ! j'aimais naguère
Un roi victorieux.

LE ROI.

Ce n'est pas que je craigne,
Chère Agnès, le trépas ;

Mais le sort ne veut pas
Que désormais je règne....

AGNÈS.

Sire, il n'est plus, hélas!
Ce roi couvert de gloire,
Qui fut mon noble appui :
Je le perds aujourd'hui.
Je garde sa mémoire
Et je pleure sur lui.

LE ROI.

Que veut-on que je fasse?
Doutez-vous de mon cœur?

RICHEMONT.

Nous allons faire face
A l'ennemi vainqueur.
La France se soulève,
Orléans tient encor,
L'oriflamme se lève :
Sire, prenez le glaive...

LE ROI.

Pourquoi l'appel du cor?

RICHEMONT.

Des trompettes lointaines
Oyez les sons guerriers.

Voyez-vous dans les plaines
Resplendir les cimiers?
Ce sont vos capitaines,
Ce sont vos chevaliers.

LE ROI.

Qu'on me donne mes armes!
Sellez mon palefroi.
Agnès, ce sont vos charmes
Qui vont me faire roi.
Richemont, suivez-moi!

AGNÈS.

Sur votre tête chère,
Sire, Dieu veillera,
Tandis qu'Agnès priera
Au fond d'un monastère.

RICHEMONT.

Orléans délivré,
A Reims, j'ai l'espérance
Qu'on vous verra sacré.

AGNÈS.

Sire, vive la France!

P. L. JACOB, bibliophile.

DANS LES BOIS

 N pénètre dans le principal amphithéâtre des gorges d'Apremont, par un seul sentier tortueux entre les rochers, et bientôt on découvre une arène immense, tapissée, au milieu, de mousses couleur de peau d'ours, et bordée de collines en granit argenté. Les pierres semées du bas en haut de cette montagne circulaire font l'effet de gradins disposés pour des spectateurs innombrables. Elles grossissent à mesure qu'elles s'approchent du ciel, et prennent les formes les plus monstrueuses, jusqu'à dessiner sur l'horizon des profils imprévus et fantastiques.

Il nous semblait voir les siéges de ce cirque en plein vent peuplés de figures attentives, projetant leurs mille regards sur le centre de la scène où il ne se passait rien du tout, désert uni et rude, animé seulement par le désespoir de trois ou quatre sauvages égarés. C'est là que se tortille le *rageur*, ce petit chêne nerveux et convulsif, dont tant de paysagistes ont fait le portrait; et, près de lui, quelques autres chênes plus résignés, quoique de la même famille et du même tempérament.

A l'extérieur des gorges, sur le versant et dans la plaine jadis rousse et mélancolique, aboutissant, du côté de l'ouest et du midi, aux sables de Macherain, aux rochers de Franchard et au Cul-du-Chaudron, couronné de chênes, toute cette mer de hautes bruyères, frissonnant sous le vent, est immobilisée aujourd'hui par des plates-bandes de sapins, semés comme des parasites sur la fleur rose des bruyères.

Rien n'est plus triste à voir que ce gros ton monotone du vert sapin, étendu sans forme et sans accent sur l'immensité de la plaine.

Au delà de ces sapinières récentes, les sables de Macherain étendent sous le soleil leur fine poussière d'ivoire et de nacre. Il n'y a guère de routes où puisse se hasarder une voiture dans ce désert impraticable, chaque lac de sable mouvant étant bordé de rochers qui se poursuivent, grimpent les uns sur les autres, et encombrent tous les défilés. Les croupes de Macherain sont des plus sauvages et présentent un aspect très-particulier, même pour Fontainebleau, à cause du blanc mat des sables en contraste avec la mousse.

Le pas de l'homme ne marque point sur cette mer, unie pourtant comme une glace, et toute trace, sitôt imprimée, disparaît, le sable fluide reprenant subitement son niveau, de même que l'eau ne conserve aucune empreinte. On peut s'imaginer qu'on pénètre le premier dans ce désert perdu. Après nous, rien ne trahissait notre passage : suivez sur les flots le sillage d'une barque.

En entrant dans les gorges de Franchard, à gauche de Macherain, nous aperçûmes une lionne accroupie à la cime d'un rocher et dessinant sur le ciel sa terrible tête plate et son échine noueuse, tout le corps dans l'ombre, la lumière venant de l'autre côté de la colline. On eût dit l'animal aux aguets pour surprendre une proie. En quelques bonds il pouvait se dresser devant nous. Mais, pour rassurer mon compagnon d'aventures, je lui montrai un crocodile tapi à l'horizon, presque en face de la lionne. Je ne sais plus quel missionnaire, errant sur les bords du Nil, fut ainsi sauvé miraculeusement de l'attaque d'un tigre, qui, ayant mal calculé son élan, tomba juste dans la gueule béante d'un crocodile.

La découpure des grès dans les âpres régions de Fontainebleau est si abrupte, si capricieuse et si variée, que l'imagination et le regard peuvent y voir toutes les formes de la nature et toutes les fantaisies du rêve, des foules innombrables, des champs de bataille hérissés d'armures gigantesques, des ménageries en révolution, des troupes de fantômes.

Une nuit, dans les gorges d'Apremont, au clair de lune, j'ai été poursuivi par des moines blancs encapuchonnés et traînant derrière eux des ombres sinistres. La lumière de la lune, incertaine et changeante, tantôt à demi voilée par des nuages orageux et rapides, tantôt glissant de travers à une ouverture soudaine, tantôt frappant en plein une des faces des rochers, semblait faire marcher ces pâles statues; puis, tout à coup, elle les arrêtait droites, inflexibles, et comme planant sur d'invisibles martyrs. Ainsi le vautour aux ailes étendues, à l'œil fixe, magnétise l'oiseau peureux caché dans un sillon.

Nous sortîmes des gorges de Franchard par la caverne, voisine de la maison du garde.

Le garde de Franchard habitait alors, avec sa fille, belle personne de dix-huit ans, une maison très-gaie, enrichie de têtes de loups, de bois de cerfs, de pieds de sangliers, de peaux de renards, d'éperviers crucifiés, et même d'un aigle noir, qui sans doute prit la forêt de Fontainebleau pour une forêt des Pyrénées.

Après avoir traversé la Route-ronde qui circule tout autour de la forêt à l'intérieur, nous vîmes bientôt la Mare-aux-Corneilles et la Croix-de-Souvray. A gauche, l'inclinaison des terrains, le désordre d'arbres variés et de buissons impénétrables, paraissent avoir quelque analogie avec la Vallée-de-la-Solle. Mais nous avions hâte d'*arriver au Déluge*.

En approchant de la futaie des Érables et du Déluge, nous entendîmes, au cœur du bois, résonner le bruit de la cognée sur un silence majestueux.

L'introduction de cette futaie a beaucoup de grandeur : des chênes de haute race et des hêtres aux branches chargées de feuilles s'élèvent au-dessus des genévriers et des buissons indisciplinés. Il y a là encore des arbres vénérables qui portent au front des cornes rugueuses comme les bois d'un vieux cerf. Quelques groupes se présentent avec bonheur, tout disposés pour un tableau, sur un ensemble harmonieux.

On ne s'explique pas le nom de *Déluge*, appliqué à ce sol sans accidents et couvert autrefois d'une végétation bien portante. C'est Apremont et la Vallée-de-la-Solle, qui ont l'air d'avoir été battus par les flots, et l'arche de Noé n'y ferait point mal, sur quelque pointe de granit.

Entre le pavé de Bouron et la Gorge-aux-Loups, on trouve une belle futaie de hêtres et de chênes, dont les troncs, sans branches jusqu'à une hauteur de cent pieds, sont droits et noirs. Leurs têtes assez touffues entremêlent leurs chevelures et interceptent presque la lumière du jour. Tous les arbres sont de même taille et enveloppés tous dans la même demi-teinte neutre. Ils n'ont ni rejetons, ni accompagnement de plantes à leurs pieds. Ils se dressent dans un ordre régulier comme des rangées de colonnes uniformes qui conduiraient à un monument funèbre. C'est d'un aspect très-saisissant et tout à fait mélancolique.

Le soir venait et prêtait encore à la profondeur de nos impressions. Les forêts ont cela d'admirable, qu'elles s'accordent également, dans leurs diverses parties, avec le voile charmant des brouillards du matin, avec la magnificence de la pleine lumière, avec les caprices du soleil couchant, avec les fantômes de la nuit; Fontainebleau surtout. A toutes les heures, en toutes saisons, Fontainebleau offre toujours des effets qui pénètrent l'âme humaine et l'agitent d'une vive poésie.

Le soir sied à merveille à la Gorge-aux-Loups. Quand on est au fond du ravin, on voit le soleil baisser sur une colline circulaire, taillée à pic, dont la crête et les flancs sont couverts de vieux chênes à toutes branches, et respectés depuis des siècles. A la haute ligne de l'horizon, c'est à peine s'ils laissent percer quelques rayons du ciel. Tout le reste est dans l'ombre sous le mystère de leurs rameaux. Çà et là, le long de la pente où s'échelonnent leurs troncs, on trouve des formes indescriptibles, tapies dans l'obscurité de la bruyère, tantôt blêmes comme de l'argent sans reflet, tantôt marquant en noir sous le brun vigoureux du sol, comme des ours au repos. Ce sont les roches qui commencent à s'insurger hors de la terre, afin d'essayer le grand air comme les arbres. Un peu plus haut, elles composent des monuments dessinés par le chaos et entièrement peints par la lumière infatigable qui, depuis la création du monde, y ajoute chaque jour une couche. Pour fins bas-reliefs et pour décoration, elles ont des branches de houx et des panaches de genévriers, entremêlés de mille plantes sauvages.

Les chênes, cependant, y sont les plus beaux du monde, majestueux rêveurs, bien heureux d'être oubliés dans leur solitude. C'est la partie de la forêt qui, par ses terrains saccadés, la tournure des arbres, la couleur du sol, donne le mieux l'idée d'une forêt vierge.

Avant de disparaître derrière la colline, le soleil caressa encore d'un rayon brûlant quelques formes secrètes du beau paysage. Puis, des nuages violets flottèrent un moment sur la cime des arbres roux, et le crépuscule se décida tout à fait.

Nous étions tristes comme la nature qui frissonne toujours à la nuit, et nous parlions bas.

De temps en temps, nous nous arrêtions pour écouter le silence. La forêt était muette : aucun bruissement de feuille, aucun cri d'être vivant. Et, comme le son, la forme devenait immobile, insaisissable. Les dernières lueurs du ciel s'étaient évanouies. La nuit était noire.

Nous avions enfilé une allée montueuse, et nous allions tout droit devant nous, malgré l'obscurité, comme des somnambules éclairés par une lumière intérieure. Sous nos paupières, le soleil couchant, que nous venions d'admirer, jouait encore avec les rochers et les massifs de la Gorge-aux-Loups, et, par provision, notre esprit se gravait en lui-même, sur des planches ineffaçables, les belles images de la soirée.

L'instinct seul nous guidait dans une direction plus ou moins sûre ; parfois, l'un de nous se heurtait face à face avec un arbre invisible, ou s'engageait dans les filets d'un buisson, ou trébuchait sur un fragment de granit ; mais l'hallucination n'étant pas encore éteinte, on reprenait l'équilibre machinalement, et on allait toujours. Mais, de même qu'un amant suit les traces de sa maîtresse par un entraînement mystérieux, de même les amants de la nature ont une clairvoyance qui les dirige sans le concours de la réflexion.

Cette seconde vue, tutélaire la nuit aussi bien que le jour, nous mena promptement à une allée découverte et au chemin de Fontainebleau.

La lune alors apparut dans le ciel entre de gros nuages qui prenaient plaisir à la voiler en passant. Ils couraient tous vers je ne sais quel rendez-vous dont on ne devinait point le terme. Quand ces cohortes furent éclaircies, les rayons lunaires frappèrent les deux haies de grands arbres dressés au bord de la route. Et ces silhouettes superbes se découpaient finement sur quelque nuage attardé, tandis que les pieds des arbres se perdaient dans un ton indéfinissable, où la nuit creusait des trous noirs et profonds.

Tout en nous amusant des jeux de la lune avec les ténèbres, et des guipures pâles et mates qu'elle suspendait aux branches des arbres, nous avions expédié deux lieues de grande route, laissé Fontainebleau à droite, traversé des futaies et des taillis, et nous apercevions déjà le haut profil du Bas-Bréau. C'est là que nous voulions jouir de la majesté de la nuit, perdus sous la divine architecture des plus beaux arbres qui existent.

De retour à Paris, après cette odyssée d'un jour, nous portions un toast à la forêt de Fontainebleau, en répétant ces belles paroles du vieux Michel-Ange :

« J'ai visité avec beaucoup de fatigues, mais aussi avec bien du plaisir, les ermitages des montagnes de Spoleto. Je n'ai pas rapporté à Rome la moitié de moi-même, parce qu'on ne trouve véritablement la liberté, la paix et le bonheur, qu'au milieu des bois. »

TABLE DES MATIÈRES

Paris. — Imprimerie P.-A. Bourdier et Cie, 6, rue des Poitevins.

LES MORLAQUES.

Vve JULES RENOUARD, EDITEUR, 6, RUE DE TOURNON, PARIS

LA CHARITÉ.

JULIETTE.

V.ve JULES RENOUARD, ÉDITEUR, 6 RUE DE TOURNON, PARIS.

UN SOIR EN ITALIE

LE PAUVRE AVEUGLE.

J. C. FORSLEY, A.R.A. PINX!   H. LEMON, SCULP!

DANS LES CHAMPS.

VVE JULES RENOUARD, EDITEUR, 6, RUE DE TOURNON, PARIS.

SOUVENIRS DE LA GRÈCE.

V.te JULES RENOUARD, EDITEUR, 6, RUE DE TOURNON, PARIS.

J. M. W. TURNER. R. A. PINXT   J. C. ARMYTAGE. SCULPT.

UNE SOIRÉE DANS LES LAGUNES.

VVE JULES RENOUARD, ÉDITEUR, 6, RUE DE TOURNON, PARIS.

UNE GRANDE PASSION.

VVE JULES RENOUARD ÉDITEUR, 6 RUE DE TOURNON, PARIS.

LA VIERGE D'ERINN

VTE JULES RENOUARD, ÉDITEUR, 6, RUE DE TOURNON, PARIS.

C. LANDSEER, R.A. PINX.   J. STANCLIFFE. SCULP.

UNE AVENTURE DE L'ABBÉ DE GONDY.

VIE JULES RAÇOUARD ÉDITEUR, 8, RUE DE TOURNON, PARIS.

UN BIBLIOPHILE.

Vᵉ JULES RENOUARD EDITEUR 6, RUE DE TOURNON, PARIS.

E. M. WARD, R.A. PINX!

F. HEATH. SCULPT

ARRESTATION DE PATKUL.

J.M.W. TURNER R.A. PINXt.   J. COUSEN SCULPt.

LES MONTAGNES ROCHEUSES.

Vᵉ JULES RENOUARD, ÉDITEUR 6 RUE DE TOURNON PARIS.

72

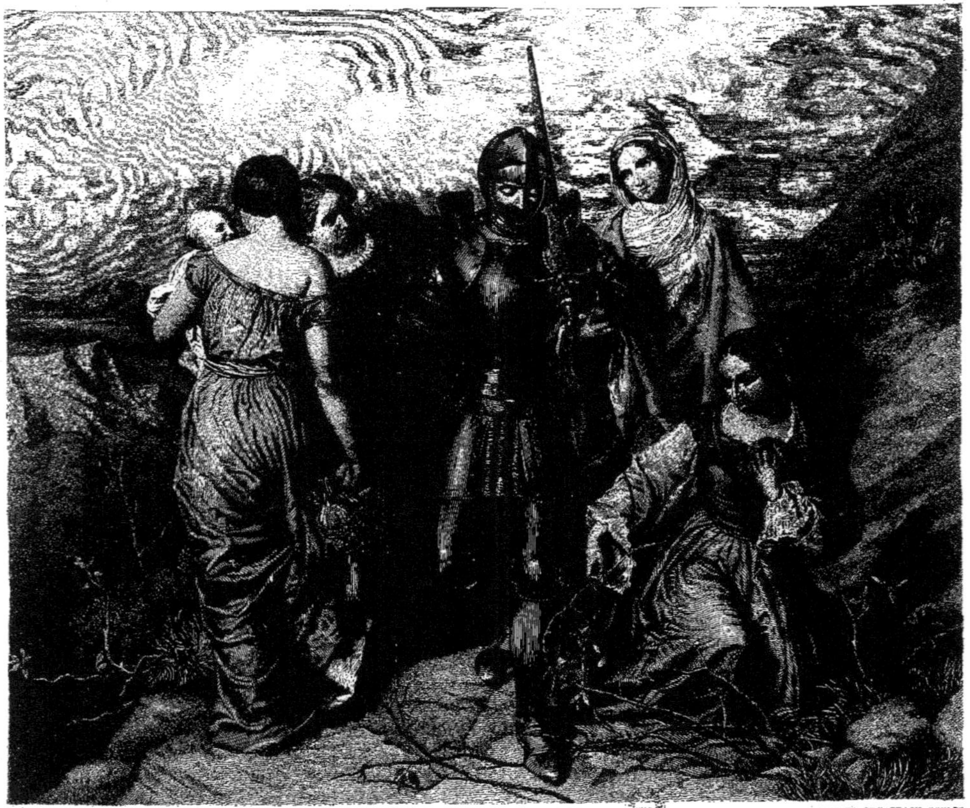

F. R. PICKERSGILL R. A. PINXᵗ — GEORGE GREATBACH SCULPᵗ

CHARLES VII.

Vᵛᴱ JULES RENOUARD, ÉDITEUR, 6, RUE DE TOURNON, PARIS.

J.M.W. TURNER, R.A. PINXT   J. COUSEN, SCULPT

DANS LES BOIS.

Ve JULES RENOUARD, EDITEUR, 6, RUE DE TOURNON, PARIS.